Drei Ratekrimis
aus der Zeit der Entdecker

ISBN 978-3-7432-0052-4
1. Auflage als Loewe-Taschenbuch 2018
© für diese Ausgabe 2018 Loewe Verlag GmbH, Bindlach
Dieser Band enthält die Einzelbände *Gefahr auf der Santa Maria,
Das Geschenk des Kublai Khan, Das Vermächtnis des Piraten* (aus der Reihe
Tatort Geschichte) © 2006, 2007, 2009 Loewe Verlag GmbH, Bindlach
Umschlagillustration: Daniel Sohr
Umschlaggestaltung: Ramona Karl
Printed in Germany

www.loewe-verlag.de

Inhalt

Das Geschenk des Kublai Khan

Der fremde Teufel. 9
Ein rätselhaftes Orakel. 18
Die Kampfgrillen. 28
Kennwort Trampeltier 37
In der Höhle des Löwen. 46
Ermittlungen im Nachbarhaus. 55
Ausflug zum Westsee. 64
Die Leifeng-Pagode am Abend. 74
Feuerwerk über der Stadt. 84
Die Rebellion der gelben Drachen. 93

Lösungen *102*
Glossar *104*
Zeittafel. *107*
Die wundersamen Reisen des Marco Polo . . . *110*

Das Vermächtnis des Piraten

Hoher Seegang	121
Der Schädel des Piraten	130
Ein Dieb im Badehaus	141
Ein neuer Untermieter	150
Der falsche Schiffer	159
Vertrag ist Vertrag	168
Der Kurs der Kogge	177
Letzte Warnung	186
Im Labyrinth der Gassen	194
Gottes Freunde und aller Welt Feind	204
Lösungen	*215*
Glossar	*217*
Zeittafel	*220*
Störtebeker und die Hanse	*223*

Gefahr auf der Santa Maria

Sträflinge in der Stadt.................. 237
Ein Mörder auf freiem Fuß.............. 246
Auf heißer Spur...................... 255
Geheimauftrag....................... 265
Heimlich im Kloster.................. 275
Hinterhalt 284
Ermittlungen im Gefängnis 293
An Bord der Santa Maria............... 302
Eine lange Nacht..................... 312
Auf nach Indien!..................... 322

Lösungen........................... *332*
Glossar *334*
Zeittafel............................ *338*
Christoph Kolumbus *342*

Renée Holler

Das Geschenk des Kublai Khan

Illustrationen von Günther Jakobs

Der fremde Teufel

„Und was soll das sein?" Meister Wu blickte streng auf das Blatt Papier, das vor seinem Schüler lag. „Wie oft habe ich dir die richtige Reihenfolge der Pinselstriche erklärt und du machst es immer wieder falsch." Unbarmherzig zerknüllte er das Blatt, auf dem Ping versucht hatte, das Schriftzeichen für Schnee zu schreiben, und legte einen neuen Bogen Papier vor den Jungen.

Ping seufzte. Dann griff er nach der Stangentusche und rieb sie auf dem Reibstein mit etwas Wasser, bis er genug flüssige Tusche hatte, um seinen Pinsel einzutauchen. Anschließend malte er schwungvoll den ersten Strich des Schriftzeichens auf das leere Blatt vor ihm. Schnee! Es war Hochsommer! Trotz der frühen Morgenstunde spürte man selbst im Studierzimmer, wie die Hitze durch alle Ritzen drang. Und er sollte das Schriftzeichen für Schnee schreiben! Mechanisch setzte er die nächsten Pinselstriche auf das Blatt. Vier kleine Punkte, die Schneeflocken glichen, die auf die Erde hinabrieselten.

„Halt", gebot ihm sein Lehrer. „Diese Striche sind viel zu dick." Er schüttelte den Kopf. „Die reinste

Papierverschwendung!" Er reichte dem Jungen einen neuen Bogen. „Konzentrier dich!" Auf Meister Wus Stirn hatten sich inzwischen kleine Schweißperlen gebildet.

Leidenschaftslos begann Ping von Neuem. Wie sehr er seine Schwester beneidete. Meili musste nicht den täglichen Unterricht ertragen. Wie alle Mädchen im Reich der Mitte brauchte sie weder lesen noch schreiben zu lernen. Vermutlich war sie draußen im Garten, unter den schattigen Weiden am Goldfischteich. Der Junge tauchte den Pinsel in die Tusche und setzte an, den letzten Strich des Schriftzeichens zu malen. Doch dann passierte es: Ein riesiger Klacks Tusche landete mitten auf den Schneeflocken!

„Unfassbar!" Meister Wu schüttelte abermals den Kopf. „Ich habe das Gefühl, dass es heute mit Kalligrafie nichts mehr wird." Er wischte sich mit einem seidenen Taschentuch über die Stirn. „Zwar ist es noch nicht an der Zeit, doch ich schlage vor, dass wir ausnahmsweise den Unterricht schon jetzt beenden und ihn morgen früh, wenn es kühler ist, fortsetzen."

Ping traute seinen Ohren nicht. Hatte sein Lehrer tatsächlich vorgeschlagen, dass er für den Rest des Tages befreit war? Bevor Meister Wu seine Meinung wieder ändern konnte, stand der Junge eilig auf, verbeugte sich vor dem älteren Mann und machte sich daran, das Studierzimmer schleunigst zu verlassen.

„Nicht so schnell, junger Mann!", hielt ihn Meister Wu zurück. „Hast du nicht etwas vergessen?"

Ping sah den Lehrer fragend an.

„Die vier Kostbarkeiten des Studierzimmers."

Da verstand der Junge. Bevor er nicht Pinsel, Tusche, Reibstein und Papier aufgeräumt hatte, durfte er nicht gehen. Allerdings dauerte es nicht lange, und kurz darauf kam er, sein Diabolo unterm Arm, im Garten an, wo er sich gleich nach Meili umsah. Doch das Mädchen war nirgendwo zu finden.

Ping hockte sich auf die geländerlose Brücke, die im Zickzack über den Teich führte, und baumelte mit seinen nackten Füßen im kühlen Wasser. Dicht an der Oberfläche tanzte eine jadegrüne Libelle zwischen den Seerosen, während Goldfische seine Füße umschwammen. Plötzlich hielt ihm jemand die Augen zu.

„Huhuh!" Meili hatte sich unbemerkt von hinten an ihn herangeschlichen. „Was machst du hier auf der Brücke?", lachte sie. „Wartest du etwa auf Geister?"

„Klar", grinste Ping. „Ich will sehen, wie sie ins Wasser fallen."

Jedes Kind in China wusste, dass böse Dämonen nur geradeaus laufen konnten. Auf einer zickzackförmigen Brücke würden sie also im Teich landen.

„Darf ich mit deinem Diabolo spielen?" Das Mädchen hatte das Spielzeug auf dem Boden neben ihrem Bruder entdeckt.

„Du schaffst ja nicht mal, es auf der Schnur kreiseln zu lassen", meinte Ping.

„Und ob ich das kann", erwiderte Meili frech. Sie griff mit einer Hand nach dem Diabolo, mit der anderen nach den Handstöcken und rannte los. In sicherer Entfernung vom Bruder, dicht neben der Mauer zum Nachbargrundstück, hielt sie an. Dort setzte sie das Diabolo auf das zwischen den beiden Stöcken befestigte Seil und begann, es erst langsam, dann immer schneller um die eigene Achse rotieren zu lassen.

„Warte nur, bis ich dich erwische!", rief Ping scherzend. „Da wird dir Schlimmes passieren!" Dann stand er ohne Eile auf, schlüpfte mit nassen Füßen in die Schuhe und folgte seiner Schwester.

Währenddessen ließ Meili das Diabolo unaufhörlich kreiseln. „Ich beherrsche sogar Tricks damit", rief sie triumphierend, spannte das Seil zwischen den Stöcken und schleuderte den Kreisel kraftvoll in die Luft. Doch das Diabolo landete nicht wie geplant wieder auf dem Seil, sondern schlug auf dem Boden auf und kullerte ein Stück den Weg entlang, bis es schließlich vor Pings Füßen liegen blieb.

Der Junge hob es auf. „Gib mir die Stöcke", forderte er seine Schwester auf, die sie ihm nur ungern reichte. „Hochwerfen ist einfach", meinte er und begann, das Diabolo rotieren zu lassen. „Fangen dagegen ist eine Kunst." Er katapultierte es in die Luft und fing es gleich darauf mühelos mit dem Seil auf. Danach ging es wieder hoch und nieder, hoch und nieder, immerfort.

„Du brauchst dir gar nichts einzubilden", erwiderte seine Schwester schlagfertig. „So gut wie die Akrobaten, die wir vergangenen Monat sahen, bist du noch lange nicht. Die haben die Arme verschränkt und das Diabolo den Stock entlangrollen lassen." Trotzdem sah sie Ping bewundernd zu. „Bitte", drängte sie. „Lass es mich noch mal versuchen."

„Na gut", gab der Junge nach und reichte der jüngeren Schwester die Stöcke. „Der Trick ist, das Diabolo so schnell wie möglich zu beschleunigen. Dann kommt es beim Hochwerfen nicht so leicht vom Kurs ab."

Staunend folgte Meili dem Diabolo mit den Augen, als sie es mit einem erneuten Versuch himmelwärts schleuderte. Es flog so hoch wie nie zuvor. Allerdings landete es auch dieses Mal nicht auf dem Seil, sondern sauste in hohem Bogen über die Mauer in den Nachbargarten.

„Und was jetzt?", stöhnte Ping. „Ich jedenfalls klopfe nicht bei Präfekt Tien an, um das Diabolo zurückzuholen."

„Ich auch nicht", meinte Meili. „Ich habe eine bessere Idee." Und schon war sie den knorrigen Pflaumenbaum hochgeklettert, der dicht an der Mauer wuchs. „Wir steigen einfach über die Mauer und holen es uns aus dem Nachbargarten zurück."

„Wenn dich Mutter oder Vater sehen würden", hänselte sie ihr Bruder, während er den Ast daneben erklomm. „Die würden Zustände kriegen. Ein Mädchen auf einem Baum!"

Meili wollte gerade ihr Bein über die Mauer schwingen, als sie von Ping im letzten Augenblick zurückgehalten wurde.

„Spinnst du?", flüsterte er. „Hast du Präfekt Tien nicht gesehen? Er ist im Garten!" Er deutete auf einen Pavillon, der sich im Wasser eines Teiches spiegelte. Der Präfekt trat gerade aus dem Bau, begleitet von seinem Sekretär und einem Besucher. In eine Unterhaltung vertieft, schritten die drei auf eine Bogenbrücke zu, die den Teich überspannte.

„Wer ist denn dieser Fremde?", raunte Meili. Der Mann trug einen dichten braunen Vollbart und hatte eine ungewöhnlich lange Nase. Über seinen runden Augen, die Meili an ein Pferd erinnerten, schwangen sich buschige Augenbrauen. „Ist das ein ‚fremder Teufel'?"

Ping nickte. „Ja. Er kommt aus einem Land im Westen, jenseits von Cathay. Vater hat mir erzählt, dass er Marco Polo heißt und ein Gesandter des Großkhans ist. Er ist zu Gast in Präfekt Tiens Haus."

„Der Fremde sieht zum Fürchten aus", stellte Meili schaudernd fest. „Über die Mauer können wir da jetzt auf keinen Fall. Ich würde vorschlagen, wir machen das heute Nacht, wenn alle schlafen."

„Gute Idee", stimmte Ping ihr zu. „Und jetzt verziehen wir uns wohl besser."

Doch statt vom Baum zu klettern, streckte Meili ihren Kopf noch mal über die Mauer.

„Pass auf, dass er dich nicht entdeckt", neckte ihr Bruder. „Fremde Teufel haben kleine Mädchen sicher zum Fressen gern."

Doch Meili ignorierte ihn. „Wo ist das Diabolo eigentlich gelandet?", wunderte sie sich. „Ich kann es nirgendwo entdecken!"

Wo ist das Diabolo gelandet?

Ein rätselhaftes Orakel

Präfekt Tiens Garten versank in tiefer Dunkelheit, als eine Wolke über den Mond zog. An den überhängenden Traufen der Wohngebäude und am Pavillon hatten Diener für die Nacht rote Papierlaternen aufgehängt. Diese tauchten ihr Umfeld in ein gespenstisches rotes Licht, während der Garten umso mehr von der Finsternis verschluckt wurde.

Ping lauschte angespannt. Bis auf das Zirpen der Grillen und das nächtliche Konzert der Frösche war kein Geräusch zu hören.

„Komm schon", forderte seine Schwester ihn leise auf. „Wir haben nicht die ganze Nacht Zeit." Sie schlich vorsichtig auf den Teich zu. Plötzlich blieb sie ruckartig stehen. Im Bambusdickicht, gleich neben ihr, hatte es geraschelt. Doch es war nur ein Frosch, der platschend ins dunkle Wasser sprang.

„Hier ist es", flüsterte Meili. Sie kniete sich am Ufer nieder und streckte ihren Arm so weit wie möglich aus, um das Diabolo aus den Seerosen herauszufischen. Schließlich reichte sie das tropfende Spielzeug ihrem Bruder. „Und jetzt schnell nach Hause."

Doch statt auf die Mauer zuzustreben, packte Ping seine Schwester am Ärmel und zog sie hinter einen Jasminbusch, dessen weiße Blüten einen wohlriechenden Duft verströmten.

Auch Meili konnte jetzt das leise Knirschen hören, das auf sie zukam. Kurz darauf löste sich ein Schatten aus der Dunkelheit, der den Kiesweg entlanghuschte. Als die Gestalt an einem Lampion vorbeilief, sahen die Geschwister, dass die Person über der rechten Schulter ein Bündel schleppte und mit dem linken Arm eine dickbauchige Vase umgriff. Für einen Augenblick konnte man sogar deutlich das Muster auf der Vase sehen. Es war ein Drache darauf abgebildet, der mit seinem Körper eine Perle umschloss. Das Gesicht der Gestalt dagegen blieb trotz des Laternenscheins verborgen. Es war mit einem schwarzen Tuch umhüllt, das nur einen schmalen Spalt für die Augen frei hielt.

„Höchst verdächtig", stellte Meili fest, nachdem die Person im hinteren Teil des Gartens verschwunden war. „Wir sollten den Präfekten alarmieren."

„Auf keinen Fall!", meinte Ping. „Das war sicher ein Dieb. Präfekt Tien würde bestimmt denken, wir stecken mit dem unter einer Decke."

„Und wieso das?" Meili verstand nicht.

„Weil auch wir ohne Erlaubnis im Garten des Präfekten sind. Oder meinst du etwa, er würde uns die Geschichte mit dem Diabolo abnehmen?"

„Stimmt", gab Meili zu. Dann gähnte sie. Der Blütenduft des Jasminbusches, hinter dem sie sich versteckt hatten, machte sie allmählich schläfrig, und es war schon sehr spät. „Außerdem geht uns diese Sache ja nichts an, und ich will jetzt in mein Bett", erklärte sie bestimmt. Als die Luft rein war, kletterten die beiden eilig über die Mauer.

Am Nachmittag des nächsten Tages durften Ping und Meili ihre Kinderfrau in die Stadt begleiten.

„Zuerst müssen wir zu Yangs Schirmladen in der Gasse der Himmlischen Papierblüten", erklärte Fräulein Sun den Geschwistern, als sie aus dem Haustor auf die Gasse traten. „Der Sonnenschirm eurer Mutter", sie deutete auf den zusammengefalteten Schirm aus Ölpapier, der an ihrem Handgelenk baumelte, „lässt sich nicht mehr richtig aufspannen." Sie wollte gerade losgehen, als jemand ihren Namen rief.

„Fräulein Sun, haben Sie einen Augenblick Zeit?" Dai Ling, eines der Dienstmädchen von Präfekt Tien, kam auf sie zugelaufen.

Die Kinderfrau blieb stehen und begrüßte ihre Freundin herzlich. „Alles in Ordnung?", fragte sie.

„Nein", berichtete die Frau atemlos. „Vergangene Nacht wurde bei uns eingebrochen!"

„Was Sie nicht sagen!" Fräulein Sun, immer gerne auf ein Schwätzchen aus, blickte Dai Ling erwartungsvoll an. „Wurde etwas gestohlen?"

„Der Einbrecher hat den Geldschrank aufgebrochen und bis auf den letzten Kupferling ausgeraubt", erklärte die Frau. „Goldbarren, Geldbündel, Präfekt Tiens Amtssiegel – alles ist weg. Und als ob das nicht schon ausreichte, hat der Strolch zudem noch eine kostbare

Vase mitgehen lassen. Stellen Sie sich vor, sie ist unserem Präfekten vom Kaiser überreicht worden!"

„Unglaublich." Fräulein Sun schüttelte fassungslos den Kopf.

Die beiden Geschwister hörten dem Gespräch aufmerksam zu.

„Hat man eine Ahnung, wer das getan hat?", wollte ihre Kinderfrau wissen.

„Ja." Dai Ling zögerte einen Augenblick, bevor sie den Namen preisgab. „Bao."

„Bao, der Küchenjunge? Niemals!", rief Fräulein Sun empört.

„Ich weiß, erst konnte ich es auch nicht glauben. Doch es muss so sein. Bao ist seit dem Einbruch spurlos verschwunden."

Kurz darauf stapften die Geschwister wenige Schritte hinter ihrer Kinderfrau die Kaiserstraße entlang. Obwohl die Prachtstraße, die sich, parallel zum Hauptkanal, von einem Ende der Stadt zum anderen erstreckte, sehr breit war, kamen sie nur langsam vorwärts. Von morgens bis abends herrschte hier dichtes Gedränge.

„Es war auf keinen Fall Bao", wisperte Meili ihrem Bruder zu. Sie kannte den Jungen vom Sehen. „Bao ist so groß wie du, aber die Gestalt, die wir gestern Abend gesehen haben, war viel größer. Bao ist unschuldig."

„Oder", wandte Ping ein, „er hat mit dem Einbrecher zusammengearbeitet."

„Nein." Meili war sich sicher. „Dann hätten wir ihn doch auch im Garten gesehen."

„Weg da!" Ein Kameltreiber, dessen Tiere mit dicken Stoffballen beladen waren, scheuchte die Kinder aus dem Weg. Sie traten auf die Seite, um die Trampeltiere, die sie hochnäsig von oben musterten, vorbeizulassen.

„Haltet euch dicht hinter mir", mahnte sie Fräulein Sun. „Ich will euch in diesem Trubel nicht verlieren."

Wenig später bogen sie nach links in eine ruhigere Straße ein, die an einem schmalen Kanal entlangführte. Sie hatten die Gasse der Himmlischen Papierblüten erreicht. Am Ende, wo eine Brücke den Kanal überspannte, konnte man Yangs Schirmladen sehen. Den Eingang umrahmten bunte Schirme aus Ölpapier, mit Blumen und Vögeln bemalt.

„Falls Herr Yang den Schirm gleich reparieren kann, dauert es vermutlich etwas länger", meinte Fräulein Sun. „Ihr könnt vor dem Laden warten." Sie drückte Ping einen Kupferling in die Hand. „Kauft euch etwas zu knabbern." Sie deutete an den Straßenrand, wo es aus dem Wok einer Garküche verführerisch gut duftete. Dann verschwand sie im Schirmladen.

„Ich habe eine bessere Idee", verkündete Meili. Sie hatte einen Wahrsager entdeckt, der seinen Stand gleich auf der anderen Seite der Brücke aufgeschlagen hatte.

„Und?" Ping verstand nicht, worauf seine Schwester hinauswollte. Ein Wahrsager? Eine Schale dampfender Nudeln war dem zweifellos vorzuziehen.

„Wir könnten das Orakel befragen, wo Bao abgeblieben ist", erklärte Meili.

„Hervorragend!" Ping war von dieser Idee gleich begeistert, und die Nudeln waren schon vergessen.

Einen Augenblick später standen sie neben dem alten Mann, der im Schatten eines Baumes an einem kleinen Tisch hockte.

„Hast du dir eine Frage überlegt?", erkundigte er sich, als ihm Ping den Kupferling reichte. Der Junge nickte.

„Gut, behalte sie für dich", riet der Wahrsager, „und das Orakel wird dir mit jedem vierten Wort die Antwort dazu geben." Dann begann er, seine Wahrsagestäbchen in einem Bambusrohr heftig zu schütteln, so lange, bis eines davon immer höher stieg und schließlich mit einem Satz auf dem Tisch landete. Der alte Mann musterte das Stäbchen. „Neunundzwanzig", murmelte er mehr zu sich als zu den Kindern. Dann schlug er ein Buch auf, fuhr mit seinem Zeigefinger den Text entlang, bis er schließlich die gesuchte Stelle gefunden hatte.

„Zum Kampf rüsten Grillen", begann er den Orakelspruch vorzulesen, „wo sich wetteifernde Jungen versammeln." Dann fuhr er fort: „Kenntnis und Wissen begünstigen häufig, ein Versteck zu enthüllen."

„Ist ja logisch, dass Kenntnis hilft, etwas zu enthüllen", meinte Meili, als sie zurück zum Schirmladen spazierten. „Trotzdem verstehe ich dieses Orakel nicht. Und was hat der Mann damit gemeint, dass es uns nur mit jedem vierten Wort die Antwort gibt?"

„Jedes vierte Wort", überlegte Ping. „Ich glaube, ich weiß, was das bedeutet. Allerdings bringt uns die Antwort auch nicht viel weiter."

Was rät das Orakel?

Die Kampfgrillen

„Ist wieder so gut wie neu", verkündete Fräulein Sun, die den Sonnenschirm kurz aufspannte und dann wieder zusammenklappte. „Wir können jetzt weiter zur Kurzwarenhandlung, um Seidengarn zu besorgen." Mit zügigen Schritten lief sie die Gasse entlang. Ping und Meili folgten ihr.

Der Weg zum Kurzwarenladen führte über eine schmale Brücke, so schmal, dass sie erst zwei Träger vorbeilassen mussten, die auf ihren Schultern eine Sänfte schleppten. Ob jemand im Tragestuhl saß, war hinter dem zugezogenen Vorhang nicht zu erkennen. Dicht dahinter folgte ein Bauer auf einem Maultier. Erst als auch er vorbei war, konnten die drei ihren Weg fortsetzen. Doch sie kamen nicht weit.

„Fräulein Sun", rief plötzlich eine helle Stimme.

Die Kinderfrau drehte sich um. „Frau Yung", rief sie erfreut. „Was führt Sie denn in diesen Stadtteil?"

„Ich will mir einen neuen Fächer besorgen." Die Frau deutete auf einen Laden an der nächsten Ecke. „Wollen Sie mir helfen, einen auszuwählen?"

Fräulein Sun blickte unentschlossen auf ihre beiden Zöglinge.

„Aber gerne", meinte sie schließlich. Sie reichte Ping den Schirm. „Pass auf ihn auf, solange ich im Laden bin. Und rührt euch nicht von der Stelle!" Gleich darauf war sie zwischen den Fächern verschwunden.

Ping steckte den Schirm wie ein Schwert in seinen Gürtel. „Das wird sicher ewig dauern", schimpfte er leise. Doch es blieb ihnen nichts anderes übrig, als geduldig zu warten.

„Ist das da etwa ein Grillenkampf?" Meili hatte auf der anderen Straßenseite eine Gruppe Jungen entdeckt. Sie scharten sich um eine kleine Holzkiste auf dem Boden. „Lass es uns genauer anschauen!"

„Da können wir nicht hin", meinte der vernünftigere Ping. „Das sind Straßenjungen. Schau dir nur die zerlumpten Hosen und Jacken an."

„Na und?", widersprach ihm Meili. „Ich gehe trotzdem rüber. Vielleicht hat das ja etwas mit dem Orakel zu tun. Hast du etwa schon vergessen, was es uns geraten hat?"

„Natürlich nicht", erwiderte Ping. „Grillenjungen wissen Versteck." Nun ließ auch er sich nicht mehr aufhalten.

Tatsächlich fand dort im Schatten des Baumes ein Grillenkampf statt. Zwei Grillenmännchen gingen aufeinander los. Einer der Jungen, der auf dem Bauch lag und das Kinn in die Hände stützte, feuerte lautstark seine Grille an. Er trug den Kopf nicht, wie üblich, glatt rasiert, sondern hatte strubbelige, abstehende Haare. „Zeig es ihm!", rief er laut. „Du bist der bessere Kämpfer!"

„Lass dich von diesem Feigling nicht einschüchtern!", stachelte ein anderer Junge die gegnerische Grille an. „Na los! Wehr dich! Gib's ihm mit den Fühlern!"

Ping und Meili drängten sich nach vorne, um besser sehen zu können. Die Grillen hüpften wild aufeinander zu, immer wieder, bis nach einer Weile eine von ihnen auf ihrem Rücken landete und sich danach zurückzog. Sie hatte den Kampf verloren, während ihr Gegner ein lautstarkes Zirpen anstimmte. Auch die umstehenden Straßenjungen taten begeistert ihren Beifall kund.

Genau in diesem Augenblick spürte Ping, wie sich eine Hand unter seinen Gürtel schob. Ein Taschendieb! Er drehte sich blitzartig um und packte zu.

„He, was soll das?", fuhr er den Dieb zornig an, der den Schirm vor Schreck fallen ließ. „Das ist der Schirm meiner Mutter!"

„Lass ihn in Ruhe", mischte sich der Junge mit den strubbeligen Haaren ein, der inzwischen aufgestanden war. Er war um einiges größer als Ping und die Ärmel seiner schäbigen Jacke waren viel zu kurz. Vorsichtig schob er seine laut zirpende Grille in einen winzigen Käfig. Dann musterte er Ping interessiert.

„Moment mal", meinte er. „Ich glaube, ich kenne dich. Wohnst du nicht auf dem Hügel der Tausend Pinien im Nachbarhaus von Bao?"

„Bao?" Ping starrte den Straßenjungen verdutzt an. „Du kennst Bao?"

„Was geht dich das an?", erwiderte der Junge frech.

„Er ist spurlos verschwunden!", sprudelte es aus Meili hervor. „Wenn du weißt, wo er sich versteckt hält, musst du es uns sagen!"

„Ach ja? Und wieso das?"

„Er wird verdächtigt, bei Präfekt Tien eingebrochen zu sein", erklärte das Mädchen ernst. „Und wir wissen, dass er unschuldig ist. Wir wollen ihm helfen!"

Die Straßenjungen wechselten verschwörerische Blicke. Dann steckten sie die Köpfe zusammen und flüsterten miteinander.

Als sie ihre Besprechung beendet hatten, trat der Strubbelkopf auf die Geschwister zu. „Ich heiße Ogotai", stellte er sich mit einer Verbeugung vor, „und bin Anführer der ‚Kampfgrillen'." Er deutete mit einer Handbewegung auf die anderen Jungen. „Möglicherweise können wir euch helfen."

„Wie?" Ping blickte ihn erwartungsvoll an.

„Kommt zur Stunde der Ratte zum Wirtshaus ‚Zu den Hundert Laternen'. Dort fragt ihr nach Heng Fu, dem Meister der Diebesgilde. Er weiß, wo sich Bao versteckt hält."

„Du hältst uns wohl zum Narren?" Ping glaubte dem Straßenjungen kein Wort. „Wer garantiert uns, dass es sich dabei nicht um eine Falle handelt? Außerdem können wir nicht mitten in der Nacht, während der Ausgangssperre, durch Quinsai spazieren."

Ogotai zuckte mit den Schultern. „Wenn ihr mir nicht traut, wird Baos Versteck eben ein Geheimnis bleiben." Er wandte sich von den Geschwistern ab.

„Das habe ich ja nicht so gemeint", entschuldigte sich Ping schnell. „Wo finden wir das Wirtshaus?"

„In der Nähe des Reismarkts", erklärte Ogotai. „Allerdings kenne ich den Weg nur vom nördlichen Stadttor aus. Wie ihr von eurem Stadtteil hinkommt, müsst ihr selbst herausfinden."

„Kein Problem", erwiderte Ping. „Mein Vater hat einen Stadtplan. Da können wir nachsehen."

„Gut", fuhr der Straßenjunge fort. „Vom Tor aus muss man geradeaus in südliche Richtung gehen, bis man zur dritten Straße kommt. Dort biegt man links ab, geht über die Brücke und danach immer den Kanal entlang. Bei der vierten Brücke auf der rechten Seite geht es rechts über den Kanal in eine breitere Straße. Von dort zweigen links Gassen ab, die alle auf einen weiteren Kanal zuführen. Bei der sechsten muss man abbiegen und läuft dann über die Brücke und bis zur nächsten Querstraße weiter. Dort geht es nach rechts. Das Wirtshaus ist nicht mehr weit. Ein großes zweistöckiges Gebäude, links an der nächsten Straßenecke. Man kann es nicht verfehlen."

„Ping! Meili!" Fräulein Sun lief aufgeregt auf sie zu. „Was um alles in der Welt habt ihr mit diesem Gesindel zu schaffen? Kommt sofort hierher! Wisst ihr nicht, was sich für Kinder eurer Herkunft gehört?"

„Das Losungswort heute Nacht heißt ‚Trampeltier'", flüsterte Ogotai den Geschwistern hastig zu. „Ihr müsst das Puzzle legen, sonst lässt man euch nicht ein."

„Was?" Ping verstand kein Wort. Doch der Junge hatte keine Zeit mehr zu erklären, was es mit dem Losungswort auf sich hatte. Fräulein Sun zog die Geschwister bereits laut schimpfend die Straße entlang.

Später am Abend, als Herr Wang in den Garten ging, um sich nach dem Essen die Füße zu vertreten, schlichen Ping und Meili heimlich in das Arbeitszimmer ihres Vaters. Ping wusste genau, wo dieser das Buch von Quinsai aufbewahrte, in dem, neben Zeichnungen der Sehenswürdigkeiten, auch ein Plan der Stadt abgebildet war. Er nahm es aus dem Regal und

legte es offen auf den Schreibtisch, sodass er und seine Schwester den Stadtplan betrachten konnten.

„Hier ist das nördliche Stadttor." Meili deutete stolz auf die Karte. „Und die dritte Brücke ist hier."

Es dauerte nicht lange, und die Geschwister wussten genau, wohin sie zur Stunde der Ratte gehen mussten.

Wo liegt das Wirtshaus „Zu den Hundert Laternen"?

Kennwort Trampeltier

„Wir müssen uns unbedingt vor den Wachen, die an den Hauptbrücken stationiert sind, in Acht nehmen", meinte Meili ernst.

Es war den Geschwistern gelungen, unbemerkt aus dem Haus zu schleichen. Jetzt schritten sie zügig eine Gasse entlang, die dem Lauf eines Kanals folgte. Bis auf die Wasserratten, die hin und wieder an ihnen vorbeihuschten und leise platschend im tiefschwarzen Wasser verschwanden, war niemand unterwegs.

„Nicht nur die könnten uns gefährlich werden", ergänzte Ping. „Den Nachtwächtern, die die Straßen durchziehen, sollten wir ebenso aus dem Weg gehen. Wenn die uns erwischen, landen wir im Gefängnis."

Meili schauderte. Auf eine Nacht im Gefängnis war sie gewiss nicht aus.

„Am nächsten Morgen", fuhr Ping fort, „werden die Leute, die von der Wache während der Ausgangssperre aufgegriffen wurden, dem Gerichtshof vorgeführt. Das dürfen wir auf keinen Fall riskieren."

Meili nickte stumm. Sie wollte sich die Reaktion ihres Vaters erst gar nicht ausmalen.

Schweigend eilten sie weiter, als plötzlich ein erbärmliches Kreischen die Stille der Nacht durchdrang. Gleich darauf folgte ein lang gezogenes, an- und abschwellendes Heulen. Den Geschwistern lief ein kalter Schauer über den Rücken.

„Sind das Dämonen?", wisperte Meili kaum hörbar. Im nächsten Augenblick raste ein dunkler Schatten, dessen Augen wie Kohlen glühten, durch die Gasse.

„Nur eine Katze", atmete Ping erleichtert auf.

Bald darauf erreichten sie eine unbewachte, kleinere Bogenbrücke, die sie überqueren mussten. Doch Ping blieb ruckartig stehen.

„Dort kommt jemand", murmelte er.

Jetzt konnte auch Meili das Licht einer Laterne sehen, das sich auf sie zubewegte.

„Ein Nachtwächter", keuchte sie. „Wir müssen uns verstecken." Sie blickte sich hastig um. Vor ihnen lag der Kanal mit der Brücke, hinter ihnen die Gasse mit Häusern, deren Türen und Läden verschlossen waren. Nirgendwo war auch nur der kleinste Winkel, der ihnen hätte Schutz bieten können.

„Komm, schnell!", forderte sie ihren Bruder auf. „Der Kanal." Sie hatte dicht am Ufer Stufen entdeckt, die zum Wasser führten. Eilig stiegen die Geschwister hinab und duckten sich in den Schatten der Kanalwand.

Gleich unter ihnen plätscherte das dunkle Wasser leise gegen die Steinstufen. Meili hielt sich die Nase zu. Es stank nach totem Fisch. Ein Stück den Kanal entlang klopfte ein leeres Boot, das an einem Eisenring festgebunden war, hohl gegen das Mauerwerk.

Plötzlich hielten die Schritte, die sich stetig genähert hatten, dicht neben ihrem Versteck. Der Lichtschein einer Laterne huschte über die Wasseroberfläche. Vermutlich hatte auch der Nachtwächter das Klopfen gehört. Die Kinder drückten sich dicht an die glitschigen Stufen. Dann, im nächsten Augenblick, versank der Kanal wieder in Dunkelheit, als der Mann seinen Weg fortsetzte. Seine Schritte verklangen in der Nacht.

Meili hockte immer noch wie versteinert auf den Stufen.

„Komm schon", forderte Ping seine Schwester auf. „Wir müssen uns beeilen." Einen Augenblick später durchzog das Dröhnen eines Gongs die Stadt, die Stunde der Ratte hatte begonnen. „Der Reismarkt ist gleich hier um die Ecke", fuhr der Junge fort.

Nur wenige Schritte später mündete die Straße tatsächlich auf einen großen, viereckigen Platz, der auf einer Seite von einem breiten Kanal begrenzt war und auf den anderen von geräumigen Warenhäusern. Der nächtliche Marktplatz lag verlassen in der Dunkelheit. Nur der Unrat des Vortages zeugte von dem Treiben, das hier gewöhnlich herrschte.

Ping blieb einen Augenblick stehen. „Hier lang", meinte er schließlich, während er auf eine Straße deutete, die rechts vom Platz abzweigte.

Meili schüttelte heftig den Kopf. „Nein. Wir müssen nach links abbiegen. Da bin ich mir ganz sicher."

Doch ihr Bruder bestand darauf, nach rechts zu gehen. Allerdings ging es schon bald nicht mehr weiter. Ein hohe Mauer versperrte ihnen den Weg.

„Habe ich's dir nicht gesagt? Wir hätten gleich nach links gehen sollen!"

Eilig drehten sie um und schlugen den anderen Weg

ein. Wenig später hatten sie dann endlich das Wirtshaus „Zu den Hundert Laternen" erreicht. Das große Gebäude, durch dessen mit Ölpapier bespannte Fenster rötliches Licht schimmerte, war nicht zu verfehlen. Wie es allerdings zu seinem Namen kam, war den Geschwistern ein Rätsel, denn neben dem Eingangstor hingen nur zwei Lampions. Trotz der späten Stunde schien hier noch immer einiges los zu sein – schon von Weitem hörte man gedämpfte Stimmen. Das Eingangstor war verschlossen. Im Laternenlicht konnte man die grimmige Abbildung eines Schutzgeistes erkennen, die am Türstock klebte, um böse Dämonen abzuwehren.

„Guck mal. Hier kann man ins Lokal schauen." Ping hatte ein Loch im Ölpapier des Fensters gleich neben dem Eingangstor entdeckt. Er pfiff leise durch die Zähne. „Nicht zu fassen", murmelte er, als er die Männer sah, die mit Elfenbeinkarten spielten. „Und ich dachte, Kublai Khan hätte Glücksspiel verboten."

Meili, die etwas kleiner war als ihr Bruder, stellte sich auf die Zehenspitzen, um ebenfalls einen Blick ins Lokal zu erhaschen. „Na, die Leute hier scheinen sich durch dieses Gesetz nicht stören zu lassen", erwiderte sie kaum hörbar. Doch sie wollte viel lieber herausfinden, wo Bao abgeblieben war.

Ohne auf ihren Bruder zu warten, strebte sie dem Eingang zu. Aber bevor sie gegen die Tür hämmern konnte, hielt Ping sie zurück. Er war von der Idee, den Meister der Diebesgilde aufzusuchen, plötzlich nicht mehr überzeugt. Er hatte das unbestimmte Gefühl, sie würden mitten in ein Schlangennest treten.

„Was, wenn es sich doch um eine Falle handelt?", wandte er leise ein. „Wer garantiert uns, dass Ogotai die Wahrheit gesprochen und nicht gelogen hat?"

„Ich traue ihm." Meili zweifelte nicht. Und ohne sich auf ihren Bruder einzulassen, klopfte sie an die Tür. Diese wurde gleich darauf von einem pockennarbigen Mann geöffnet.

„Was wollt ihr?", fragte er grob.

„Wir haben einen Termin mit Heng Fu", antwortete Meili selbstbewusst.

Der Mann musterte die Kinder argwöhnisch. Ihre seidenen Kittel verrieten nur zu deutlich, dass sie der Oberschicht angehörten. Reiche Gören, die zum Meister der Diebesgilde wollten? Er glaubte ihnen kein Wort.

„Tatsächlich?", grinste er. „Dann sagt mir erst einmal das Kennwort."

„Trampeltier", antwortete Meili, ohne zu zögern.

Erstaunt hob der Torhüter eine Augenbraue. Er hatte nicht mit der korrekten Antwort gerechnet. Nachdenklich kratzte er sich an seinem glatt rasierten Schädel, dann ließ er die Kinder in einen kleinen Vorraum ein.

„Wartet hier!", befahl er. Dann, nachdem er das Tor wieder geschlossen hatte, stellte er sich breitbeinig vor ihnen auf. Stumm zog er ein Blatt Papier aus seinem Ärmel und breitete es auf einem kleinen Tisch, gleich neben dem Eingang, aus. Man konnte darauf die Umrisse eines Kamels erkennen. Daneben warf er eine Handvoll kleiner Holztäfelchen: ein Quadrat, ein Trapez und mehrere verschieden große Dreiecke. Schließlich blickte er die Geschwister erwartungsvoll an.

Ein Siebenbrettspiel? Natürlich, das war es, was Ogotai gemeint hatte! Um eingelassen zu werden, sollten sie aus den Holzteilen ein Kamel legen.

Glücklicherweise kannten Ping und seine Schwester die Regeln des Spiels. Man musste stets alle sieben Teile verwenden, um damit vorgegebene Figuren zu legen. Sie wussten genau, wie man eine Frau mit Fächer legen konnte, einen laufenden Mann, eine Katze, einen Schwan ... Doch weder Ping noch Meili hatten damit je ein Trampeltier gelegt. Nachdenklich begannen sie, die Holztäfelchen auf dem Tisch hin und her zu schieben, bis sie zunächst ein Quadrat bildeten.

? Wie legt man mit den sieben Teilen
ein Trampeltier?

In der Höhle des Löwen

„Folgt dem Alten", hatte der Torhüter gesagt. „Er wird euch zu Heng Fu bringen." Er hatte einen Bediensteten herbeigerufen, der jetzt langsam vor den Geschwistern herschlurfte. Es ging erst mehrere Stufen hoch, dann einen Gang entlang, durch eine Schwingtür hindurch, bis sie einen geräumigen Innenhof erreichten. Wie in dem Raum, den sie durch das Fenster gesehen hatten, hockten hier Männer an Tischen, die alle ihrer Spielleidenschaft frönten. Da wurden Würfel gerollt, Dominosteine gelegt und Karten gezogen. Selbst auf den Balkonen, die den Innenhof säumten, konnte man weitere Glücksspieler sehen.

„Die hundert Laternen", murmelte Ping leise, während er sich umsah. Tatsächlich hingen an den Balken unterhalb der Balustraden bunte Lampionketten.

Der Alte geleitete sie zwischen den Tischen hindurch, an einer breiten Treppe vorbei, die ins obere Stockwerk führte. Dicht dahinter ging es durch eine Tür, an der in großen Buchstaben „Privat" stand, in einen weiteren Innenhof. Hier war es mit einem Mal still um sie, das Stimmengemurmel der Gäste verklang. Der

Bedienstete schlurfte zur anderen Seite des Hofes und blieb vor einer Tür stehen. Doch bevor er anklopfen konnte, wurde sie bereits einen Spaltbreit geöffnet. Ein Jungengesicht erschien.

„Und ich dachte schon, ihr würdet euch nicht trauen herzukommen." Ein Struwwelkopf grinste sie frech an.

„Willkommen in der Höhle des Löwen." Ogotai ließ die Geschwister eintreten, während sich der Hausdiener wortlos zurückzog.

Vor ihnen lag eine Übungshalle, die, bis auf ein paar Bänke entlang der Wand, unmöbliert war. Im fahlen Schein mehrerer Laternen konnte man auf der gegenüberliegenden Seite ein Sammelsurium der verschiedensten Waffen sehen: In Gestellen waren da Säbel, Schwerter, Speere, Hellebarden und Fechtstöcke aufgehängt. Auf einer Schilfmatte in der Mitte der Halle fand gerade ein Stockkampf statt. Zwei Männer, einer der beiden groß und kräftig, der andere klein und flink, schwangen kunstvoll Langstöcke durch die Luft. Nie wichen sie den gegnerischen Hieben aus, sondern fingen sie stets ab, indem sie geschickt ihre Waffen kreuzten. Nur das Klappern der Stöcke und das Keuchen der Kämpfer waren zu hören.

„Genug für heute", meinte der größere der Männer schließlich, während er seinen Langstock einem Bediensteten reichte und sich mit einem Handtuch den Schweiß von der Stirn wischte. Erst nachdem er seine zotteligen Haare mit einem roten Band hochgebunden und die Augenklappe, die er über einem Auge trug, zurechtgerückt hatte, wandte sich der Meister der Diebesgilde seinen beiden Besuchern zu.

„Wo ist Bao?", fragte Meili, noch bevor er das Wort ergreifen konnte. Sie hatte den Jungen hier erwartet und war enttäuscht, dass sie ihn nirgendwo sah.

Der Meister der Diebe runzelte die Stirn, während er das Mädchen grimmig mit seinem gesunden Auge musterte. Vorlaute Kinder mochte er nicht.

„In Sicherheit", antwortete er kurz. „Und wenn du

mich nicht unterbrichst, können wir vielleicht zur Sache kommen." Er hielt einen Augenblick inne, bevor er fortfuhr: „Bao kam gestern zu mir und bat mich um Schutz – Verwandtschaft", fügte er erklärend hinzu. „Er ist der Sohn meines Vetters zweiten Grades. Wie es die Götter so wollen, hat der Junge im Haus des Präfekten einen Dieb auf frischer Tat ertappt. Die Person war ihm wohlbekannt und er wollte Alarm schlagen. Allerdings kam er nicht dazu. Der Verbrecher setzte ihm ein Messer an den Hals und drohte dem Jungen, ihm und seiner Familie Schlimmes anzutun, sollte er den Dieb verraten."

„Und?", fragte Meili neugierig. „Wer war der Mann?"

„Keine Ahnung. Nichts, aber auch gar nichts bringt den Jungen dazu zu verraten, wer es war."

„Er hat schreckliche Angst", fügte Ogotai leise hinzu, „dass der Dieb seiner Familie etwas antun könnte."

Heng Fu nickte. „Alles, was wir ihm entlocken konnten, war, dass es sich beim Verbrecher um eine Person aus dem Haus des Präfekten handelt."

„Der fremde Teufel!", entfuhr es Meili.

„Möglicherweise", meinte Heng Fu. „Doch es kommen noch zahlreiche andere Personen infrage: der Gärtner, der Koch, die Dienstmädchen, der Torhüter ... Der Präfekt hat mindestens ein Dutzend Angestellte."

Heng Fu strich mit Daumen und Zeigefinger sein spitz zulaufendes Ziegenbärtchen glatt. „Doch hier kommt ihr mit ins Spiel!"

„Wir?" Ping verstand nicht.

„Ihr wohnt doch im Nachbarhaus. Der ideale Ort, um Nachforschungen anzustellen. Niemand würde zwei neugierige Kinder verdächtigen."

Die Geschwister blickten den Mann fassungslos an.

„Wenn Bao hier in Sicherheit ist", meinte Meili schließlich, „kann es Ihnen doch egal sein, wer der Dieb ist. *Er* hat den Präfekten bestohlen, nicht Sie."

„Jeder Dieb in Quinsai", erklärte Heng Fu grimmig, „zahlt mir ein Schutzgeld. Als Gegenleistung schützt ihn die Diebesgilde. Diese Person hat jemanden bestohlen, ohne mir meinen Anteil der Beute zu geben. Das kann ich auf keinen Fall durchgehen lassen."

„Aber das hat mit meiner Schwester und mir nichts zu tun!", entgegnete Ping schlagfertig.

„Hat es sehr wohl. Oder wollt ihr, dass ich eurem Vater, dem verehrten Kanalaufseher Wang, berichte, wo ihr euch zur Stunde der Ratte herumtreibt? Außerdem", fügte Heng Fu hinzu, „wollt ihr doch, dass Baos Unschuld bewiesen wird und er sich in Zukunft wieder ohne Angst in Quinsai bewegen kann, oder?"

„Es bleibt uns wohl nichts anderes übrig, als zu tun, was Heng Fu von uns verlangt", meinte Ping niedergeschlagen, als die Geschwister nach Hause eilten.

„Stimmt", erwiderte Meili. „Allerdings ist es immer noch besser, einen Dieb aufzuspüren, als Vaters Zorn zu ertragen." Dann gähnte sie ausgiebig.

Der Heimweg zum Hügel der Tausend Pinien schien unendlich. Immer wieder verliefen sich die Geschwister. Als sie endlich die Kaiserstraße erreichten, begann es im Osten, bereits hell zu werden.

„Wir müssen uns sputen", drängte Ping seine

Schwester. „Fräulein Sun wird bald in unsere Zimmer kommen, um uns zu wecken. Was, wenn sie unsere Betten leer vorfindet?"

„Ich lauf ja schon, so schnell ich kann", stöhnte Meili.

Um sie herum erwachte bereits die Stadt aus dem Schlaf. Ein alter Mann mit gebeugtem Rücken schob gerade die faltbare Holztüre, die nachts seinen Laden versperrte, auf die Seite. Es war ein Pfandhaus.

Plötzlich blieb Meili ruckartig stehen.

„Guck dir das an!", rief sie und war mit einem Mal hellwach. Im Halbdunkel konnte man ein buntes Warensortiment erkennen. Da stand ein dicker Jade-Buddha neben Vasen in jeder Größe. Davor lagen kleine Gegenstände: eine geschnitzte Schatulle aus Rosenholz, ein Teeservice und eine Schale, in der mehrere Zierkämme ausgestellt waren.

„Wurde hier gestern eine Vase mit einem Drachen verpfändet?", wandte sich Meili an den alten Mann.

„Das kann ich euch nicht sagen", antwortete er. „Ich war gestern nicht hier und mein Sohn, der sich gestern um den Laden kümmerte, ist bis nächste Woche verreist." Dann wies er mit einer Handbewegung auf die Auslage. „Doch Vasen haben wir viele."

„Los, komm schon." Ping verstand nicht, was seine Schwester an dem Leihhaus so faszinierte.

Doch Meili blieb beharrlich stehen. „Der Dieb war hier", erklärte sie. „Er hat die Vase des Präfekten verpfändet!"

„Woher willst du das wissen?" Ping ließ seinen Blick ungeduldig über die Auslage schweifen. „Die Vasen sehen alle gleich aus. Alle sind mit Drachen verziert."

Aber Meili war sich sicher. Sie wusste genau, was die kaiserliche Vase von den anderen unterschied.

? *Welche Vase gehört dem Präfekten?*

Ermittlungen im Nachbarhaus

„Ich habe schon geglaubt, dass dieser Morgen überhaupt kein Ende nimmt", stöhnte Ping, als er sich am Nachmittag mit seiner Schwester im Garten traf. „Du hast es gut. Meister Wu drangsaliert dich nicht mit Schriftzeichen und dem Abakus."

„Gut?" Meili schaute ihren Bruder verwundert an. „Hast du schon mal versucht, bei dieser Hitze Seidengarn in eine Nadel zu fädeln und damit Blütenblätter zu sticken? Ich jedenfalls musste damit den ganzen Morgen verbringen." Sie hockte sich auf einen Stein am Rande des Teichs, wo es schattig und kühl war.

„Zum Faulenzen haben wir jetzt keine Zeit", erinnerte sie Ping. „Wir müssen einen Auftrag erfüllen."

„Denkst du etwa, das hätte ich vergessen?", fuhr Meili ihn an. „Aber erst müssen wir uns doch beraten, wie wir dabei vorgehen. Ob es sich beispielsweise lohnt, zurück zum Pfandhaus zu gehen und den Alten nochmals nach dem Verkäufer der Vase zu befragen."

„Reinste Zeitverschwendung." Ping schüttelte den Kopf. „Der alte Mann hat uns bereits gesagt, dass er nichts weiß und dass sein Sohn erst nächste Woche wieder im Laden sein wird."

„Und was schlägst du vor?"

„Wir befragen den Torhüter des Präfekten. Immerhin bewacht der Tag und Nacht den Eingang. Dabei muss ihm doch etwas aufgefallen sein."

Wenig später stiegen die Geschwister die Stufen zum Nachbarhaus hoch. Auf beiden Seiten des Portals standen kleine Steinlöwen. Auch der Türklopfer hatte die Form eines Löwenkopfes. Ping holte tief Luft, bevor er den schweren Bronzering anhob und ihn auf das Tor fallen ließ. Die eine Hälfte des Doppeltors öffnete sich sogleich leise quietschend.

„Womit kann ich dienen?", fragte der Torhüter, der wohl einen wichtigeren Besucher erwartet hatte, förmlich. Doch dann erkannte er die beiden Nachbarskinder. „Ach, ihr seid es nur. Was wollt ihr?"

„Vater schickt uns", log Ping. „Er macht sich große Sorgen wegen des Einbruchs. Er befürchtet, dass der Dieb es das nächste Mal bei uns versuchen könnte."

„Und wieso erzählt ihr mir das?", brummte der stämmige, kleine Mann gereizt. „Ich habe Besseres zu tun."

„Vater will Sicherheitsvorkehrungen treffen", fuhr Ping uneingeschüchtert fort. „Er würde deshalb gerne wissen, wie der Dieb ins Haus gelangte, ohne dass Sie es bemerkten."

„Ich habe ihn nicht bemerkt, weil er nicht durch den Haupteingang gekommen ist."

„Aber vielleicht ist er auch an Ihnen vorbeigeschlichen", schlug Meili vor. „Oder schlafen Sie nie?"

„Natürlich. Doch dazu breite ich meine Schilfmatte in der Halle quer vor der Tür aus. Wer rein oder raus will, muss mich wecken. Und Bao, dieser Lausejunge, hat die Pforte im hinteren Garten benutzt."

„Pforte im hinteren Garten?" Ping hatte dort noch nie eine Pforte gesehen.

„Die wird schon seit Jahren nicht mehr benutzt", erklärte der Mann. „Sie ist von Gebüsch überwuchert." Er hielt einen Augenblick inne, dann fuhr er fort: „Richtet Kanalaufseher Wang aus, solange alle Zugänge zu seinem Haus gut verriegelt und bewacht sind, braucht er sich keine Sorgen zu machen. Vor allem nicht, wenn er seinem Hauspersonal trauen kann."

„Nur noch eine Frage." Meili lächelte den Mann freundlich an. „Ist es möglich, dass Herr Polo in der betreffenden Nacht nochmals spät ausging?"

„Herr Polo?" Der Torhüter klang erstaunt. „Nein, der geht mit den Hühnern schlafen. Und jetzt verschwindet! Ich habe zu tun." Er schlug den Kindern die Tür vor der Nase zu.

„Das hat uns nicht gerade weitergebracht", seufzte Meili. „Und was jetzt? Wenn wir nicht bald herausfinden, wer der Dieb ist, wird uns Heng Fu an Vater verraten."

„Keine Sorge", tröstete Ping seine Schwester. Er hockte sich auf die Stufen vor dem Haus des Präfekten. „Hier geht ständig Personal ein und aus. Wir befragen einfach die nächste Person, die herauskommt."

Die Geschwister mussten nicht lange warten, da schlüpfte schon Dai Ling fröhlich summend durch die Tür. Verwundert blickte sie die Nachbarskinder an.

„Was macht ihr denn hier?"

„Guten Tag, Fräulein Dai", begrüßte Ping die Hausangestellte. „Hat man den Dieb inzwischen gefasst?" Er wusste genau, wie neugierig die Frau war und wie gerne sie plauderte.

„Nein, Bao ist immer noch flüchtig", antwortete sie kopfschüttelnd. „Wer hätte das gedacht? So ein netter und gewissenhafter Junge ..."

„Ist Ihnen denn in der Nacht des Einbruchs nichts Verdächtiges aufgefallen?", fiel ihr Meili ins Wort.

„Nein, da hätte ich ja gleich den Präfekten alarmiert. Doch meine Kammer liegt im Hinterhof, wo die Hausangestellten untergebracht sind. Da bekommt man nicht mit, was im Haupthaus vor sich geht", erklärte sie. „Der Herr Präfekt hat das absichtlich so geregelt, damit die Herrschaften nicht von uns gestört werden."

Enttäuscht wollten die Geschwister die Befragung aufgeben, als Dai Ling fortfuhr. „Aber jetzt, wo ich's mir genauer überlege, war da doch etwas, was mir merkwürdig vorkam. Allerdings erschien es mir nicht wichtig genug, um den Präfekten deshalb zu wecken. Ich bin mitten in der Nacht aufgewacht und konnte nicht mehr einschlafen. Die Hitze und die Stechfliegen sind um diese Jahreszeit einfach unerträglich."

„Und?" Meili und Ping blickten die Frau erwartungsvoll an.

„Wie gesagt, ich bin aufgewacht, und da habe ich gehört, wie das Tor zur Straße geöffnet wurde. Es quietscht", fügte sie erklärend hinzu. „Gleich darauf schlug es laut krachend wieder zu. Jetzt weiß ich natürlich, dass es Bao war, der sich mit seiner Beute aus dem Staub machte." Sie zupfte an ihren Ärmeln. „Aber was rede ich da so viel. Ich habe Besorgungen zu machen." Sie verbeugte sich und eilte die Straße Richtung Stadt davon.

Kaum war Dai Ling verschwunden, öffnete sich das Tor abermals. Sekretär Xu trat auf die Straße.

„Guten Tag, ihr beiden", begrüßte er die Geschwister, wie immer freundlich lächelnd und gut aufgelegt.

„Guten Tag, Sekretär Xu." Beide verbeugten sich, um ihren Respekt zu zeigen.

Plötzlich war Meili klar, was sie tun musste. Und ohne sich mit Ping zu besprechen, entschloss sie sich kurzerhand, eigenständig zu handeln.

„Sekretär Xu", meinte sie höflich, „wir sind in Schwierigkeiten, doch vielleicht können Sie uns helfen."

Der junge Mann musterte die Geschwister besorgt. „Soweit es in meiner Möglichkeit steht, würde ich alles für euch tun. Um was geht es denn?"

„Um Bao und den Einbruch."

Ping warf seiner Schwester einen erstaunten Blick zu. Was, um alles in der Welt, hatte sie vor? Doch dann verstand er. Sie wollte Sekretär Xu einweihen. Der Mann arbeitete für den Präfekten, die Geschwister kannten ihn schon lange und vertrauten ihm. Er könnte sich problemlos im Haus des Präfekten umhören.

„Den Einbruch und Bao?" Sekretär Xu stutzte. „Wisst ihr etwa, wo der Junge abgeblieben ist?"

„Bao ist unschuldig", klärte ihn das Mädchen auf. „Er hat den Einbrecher auf frischer Tat ertappt, doch der bedrohte ihn. Nur deshalb ist er davongelaufen."

„Wie bitte?" Der junge Mann traute seinen Ohren nicht.

Und dann berichteten die Kinder von Anfang an, was sie erlebt hatten: vom Diabolo im Teich, von der verhüllten Gestalt im Garten, vom nächtlichen Ausflug zum Meister der Diebe, von Baos Aussage, dass sich der Dieb im Haus des Präfekten aufhielt.

„Bis auf den Präfekten und seine beiden Frauen", schloss Ping den Bericht, „könnte jeder als Dieb infrage kommen – einschließlich Herrn Polo."

Sekretär Xu schüttelte fassungslos den Kopf. „Von jetzt an werde ich den Fall in die Hand nehmen. Und macht euch keine Sorgen", beruhigte er die Kinder. „Euer Geheimnis ist bei mir in Sicherheit."

„Hervorragende Idee, Sekretär Xu einzuweihen", lobte Ping seine Schwester, als die beiden kurz darauf wieder unter den schattigen Weiden im elterlichen Garten saßen. „Allerdings", fuhr der Junge fort, „hätten wir ihm auch sagen sollen, dass die Aussagen vom Torhüter und von Dai Ling nicht übereinstimmen."

„Wieso?" Meili verstand nicht.

„Einer der beiden hat gelogen", erklärte ihr Bruder. „Und ich weiß, wer."

Was ist Ping aufgefallen?

Ausflug zum Westsee

Meili schlüpfte aus ihren Seidenpantoffeln und tauchte ihre Füße in den Teich. „Aber Dai Ling ist eine Frau!", protestierte sie voller Entsetzen. Sie wollte es einfach nicht wahrhaben, dass die Freundin ihrer Kinderfrau in den Diebstahl verwickelt sein sollte.

„Na und?", entgegnete Ping. Auch er zog seine Schuhe aus und begann, mit den Füßen im kühlen Wasser zu planschen. „Wir haben automatisch angenommen, dass es sich bei der verhüllten Gestalt um einen Mann handelt. Doch es hätte ebenso gut eine Frau sein können."

„Stimmt", gab das Mädchen schließlich zu. „Dai Ling ist für eine Frau tatsächlich ungewöhnlich groß. Wenn man ihr Gesicht nicht sieht, könnte man sie jederzeit für einen Mann halten." Doch im nächsten Augenblick bezweifelte sie diesen Verdacht schon wieder. „Vielleicht wollte sie sich aber auch nur wichtigmachen. Du weißt doch, wie gerne sie redet."

„Auf jeden Fall hat sich Dai Ling mit ihrer Aussage verdächtig gemacht. Aber wir brauchen noch mehr Beweise", überlegte Ping, während er einen Goldfisch, der an seinen Zehen nagte, mit dem Fuß verjagte.

Meili wollte dem noch etwas hinzufügen, doch sie kam nicht dazu. „Guck mal, wer mit Vater im Pavillon sitzt", meinte sie nur, während ihre gewöhnlich roten Wangen vor Aufregung alle Farbe verloren.

Für einen Augenblick war Ping überzeugt, Heng Fu, der Meister der Diebesgilde, würde seinem Vater im Gartenhäuschen gegenübersitzen. Erst als er genauer hinsah, konnte er im Schatten Herrn Polo erkennen.

„Wir sollten uns heranschleichen, um das Gespräch zu belauschen", flüsterte er. „Immerhin ist der fremde Teufel neben Dai Ling momentan unser Hauptverdächtiger."

„Meinst du tatsächlich, dass uns das weiterbringt?", erwiderte seine Schwester. „Wenn er wirklich der Dieb ist, wird er es sicher nicht aller Welt verkünden."

„Natürlich nicht. Aber er könnte sich durch sein Verhalten oder durch unbedachte Gesten verraten."

Dagegen hatte auch Meili nichts einzuwenden, und einen Augenblick später kauerten die Geschwister im Gebüsch, dicht neben dem Pavillon.

„Quinsai ist wahrhaft die prächtigste Stadt der Welt", erklärte Herr Polo gerade mit seinem fremdländischen Akzent. „Die breiten Kanäle, die Prachtstraßen, die Brücken und die Paläste sind unbeschreiblich. Sie erinnern mich alle ein wenig an meine Heimatstadt Venedig." Mit sehnsüchtigem Blick hob er seine Teeschale und trank einen Schluck Jasminblütentee.

„Wir nennen sie die Himmelsstadt", erwiderte der Vater stolz. „Ihr Glanz zieht alljährlich unzählige Reisende an. Haben Sie schon viele Sehenswürdigkeiten hier besichtigt?"

Der Fremde nickte. „Erst gestern hat mich ein Bekannter von Präfekt Tien durch das ehemalige Palastgelände geführt. Obwohl viele der Gebäude halb eingestürzt sind, kann man die einstige Pracht noch gut erkennen."

Herr Wang nickte. „Der Palast und seine Gartenanlagen waren berühmt in ganz Südchina, doch der von den Tataren eingesetzte Vizekönig scheint sich leider nicht für derartige Dinge zu begeistern." Er steckte sich einen gerösteten Kürbiskern zwischen die Zähne. „Hat man Ihnen schon den Westsee gezeigt?"

„Ich habe davon gehört. Er soll eine wahre Perle sein. Doch ich war noch nicht dort."

„Was? Na, dem müssen wir sofort Abhilfe schaffen."

Herr Wang verschränkte seine Arme in den langen Ärmeln. „Haben Sie morgen Zeit?", fragte er kurz entschlossen.

„Bisher habe ich noch nichts geplant."

„Gut, dann lade ich Sie zu einem Bootsausflug auf dem Westsee ein – und Ihren Gastgeber, Herrn Tien, natürlich auch." Er hielt einen Augenblick inne. „Wissen Sie, was? Präfekt Tiens Frauen und sein Sekretär können auch mitkommen und ich bringe meine Frau und die Kinder mit. Was halten Sie davon?"

„Ein solches Angebot kann ich wohl kaum abschlagen", erwiderte Herr Polo erfreut, und er bedankte sich für die Einladung.

Ping stieß seine Schwester grinsend in die Rippen. Welch einmalige Gelegenheit, mehr über den fremden Teufel zu erfahren!

Am Nachmittag des folgenden Tages versammelte sich die Ausflugsgesellschaft an der Mole am Seeufer, wo ein Vergnügungsboot neben dem anderen leise im Wasser schaukelte. Der Goldene Kranich, die Barke, die Herr Wang gemietet hatte, war ein flaches, etwa fünfzehn Schritte langes Boot. Ein hausartiger Aufbau auf dem Deck schützte die Passagiere davor, von der Sonne verbrannt oder an Regentagen durchnässt zu werden. Die Seiten der Barke waren offen, damit jeder die Szenerie des Sees genießen konnte.

„Welch hervorragende Idee, Herr Wang", meinte Präfekt Tien, während er seiner Hauptfrau auf den Steg half. „Ein optimaler Nachmittag für einen Bootsausflug."

„Gefolgt vom bestmöglichen Abend", lächelte der Vater. „Es ist Vollmond. Da kann Herr Polo später den unvergleichlichen Anblick des Mondes genießen, der sich auf dem glatten See widerspiegelt. Ein Schauspiel, das sich niemand entgehen lassen sollte."

Außer Präfekt Tien und seinen beiden Frauen hatten sich Herr Polo, Herr und Frau Wang und natürlich Ping und Meili eingefunden. Leider musste der nette Sekretär Xu im letzten Augenblick absagen. Ihm war etwas Wichtiges dazwischengekommen.

Stattdessen hatte sich Dai Ling der Reisegruppe angeschlossen, denn man konnte von den Frauen des Präfekten kaum erwarten, dass sie einen ganzen Nachmittag ohne Zofe auskamen.

Ping zwinkerte seiner Schwester aufgeregt zu. Doch Meili, immer noch davon überzeugt, dass die Frau unschuldig war, ignorierte ihn.

„Ist es nicht wunderschön hier?", bemerkte sie stattdessen. Sie hielt sich schützend die Hand vor die Augen, um den See, dessen Oberfläche in der Sonne glitzerte, zu betrachten. Auf der anderen Seite konnte man den Su-Deich mit seinen sechs geschwungenen Brücken erkennen. Dahinter erhoben sich die nördlichen Berge.

Ping war nicht an dem See interessiert. Er wollte Verbrecher beschatten. Gerade als er seinen Fuß auf die Gangplanke setzte, spürte er, wie jemand an seinem Kittel zupfte. Ein Junge, nicht älter als sechs Jahre, schob ihm einen zusammengefalteten Zettel in die Hand.

„Geheimbotschaft", flüsterte er kaum hörbar, und noch bevor Ping ihn fragen konnte, wer ihn geschickt hatte, war der Junge bereits wieder verschwunden. Ohne das Blatt zu öffnen, schob Ping es zunächst in seinen weiten Ärmel. Er wollte einen Augenblick abwarten, in dem er die Nachricht unbemerkt lesen konnte. Erst als der Goldene Kranich abgelegt hatte und die Erwachsenen nur noch Augen für die Aussicht hatten, zog der Junge seine Schwester zur Seite.

„Jemand hat mir dies zugesteckt", flüsterte er, während er den Zettel auseinanderfaltete.

Meili blickte über seine Schulter. „Eine Karte vom Westsee", stellte sie staunend fest. „Sieht fast so aus, als hätte sie jemand aus einem Buch gerissen."

„Auf der Rückseite steht eine Nachricht." Ping hatte das Blatt umgedreht.

„Na los", forderte ihn Meili ungeduldig auf. „Lies schon vor!"

„An Ping und Meili", begann der Junge mit leiser Stimme. „Treffen uns bei Sonnenuntergang an der Pagode, die westlich der Stadtmauer liegt, südlich der nördlichen Gipfel, östlich der sechs Brücken, einem Tempel genau gegenüber. Äußerst wichtig! Heng Fu und Bao."

„Wie stellen die sich das so einfach vor?", schimpfte Meili. „Wir können uns doch nicht absetzen, um allein zu einer Pagode zu gehen!"

Ping musterte die Karte. „Außerdem wissen wir nicht mal, um welche Pagode es sich handelt", brummte er. „Hier sind vier Pagoden eingezeichnet."

„Das wäre das kleinere Problem", erwiderte seine Schwester. „Immerhin haben sie uns genaue Anweisungen gegeben. Lies den Text noch mal vor."

Tatsächlich dauerte es nicht lange, und die Kinder wussten, wo der Treffpunkt war. Wie sie allerdings dorthin kommen sollten, war eine andere Frage.

Um welche Pagode handelt es sich?

Die Leifeng-Pagode am Abend

„Eure Mutter sorgt sich, dass ihr euch in der Sonne die Haut verbrennt." Ping und Meili standen immer noch über die Karte gebeugt, dicht an der Reling, als direkt hinter ihnen die Stimme von Herrn Wang ertönte. Gerade noch rechtzeitig schob der Junge die Geheimbotschaft in seinen Ärmel, während Meili ihren Vater mit unschuldigen Augen anblickte.

„Wieso setzt ihr euch nicht zu uns?" Herr Wang deutete auf die Tische und Bänke, die unter der Überdachung standen. „Es ist viel angenehmer, die Landschaft im kühlen Schatten zu bewundern."

Zwar gesellten sich die Geschwister zu den Erwachsenen, doch die Aussicht war ihnen egal. Meili zerbrach sich den Kopf, wie sie es schaffen könnten, zum Treffpunkt zu gelangen und Ping ließ Dai Ling und Marco Polo nicht aus den Augen.

Währenddessen glitt das Boot langsam über den spiegelglatten See. Kein Lüftchen regte sich. Nur hin und wieder segelten Kormorane vorbei, die schließlich im Wasser landeten und elegant untertauchten.

„Fantastisch!", rief Marco Polo sichtlich beeindruckt. Sie waren inzwischen ein Stück auf den See hinausgefahren und der Fremde hatte erstmals seinen Blick zurück zur Stadt gewandt. Längs des Ufers erhoben sich, von einem Ende des Sees zum anderen, die Paläste, Tempel, Klöster und Gärten Quinsais in all ihrer Pracht. „Es ist wahrlich ein Paradies auf Erden!"

„Wir steuern zunächst eine der Inseln an", erklärte Herr Wang seinen Gästen, dann wandte er sich an Herrn Polo: „Dort steht ein Tempel, den ich Ihnen gerne zeigen möchte. Anschließend können wir in eines der Teehäuser einkehren." Er lächelte. „Ohne den berühmten Drachenbrunnentee gekostet zu haben, ist ein Ausflug zum Westsee unvollständig."

„In der Tat", stimmte der Präfekt zu. „Der beste Tee Chinas, smaragdgrün, süß duftend und nur mit Quellwasser gekocht. Wissen Sie, dass er früher dem Kaiser als Tribut geliefert wurde?"

Bevor Marco Polo sein Staunen ausdrücken konnte, fuhr Herr Wang schon fort. „Später, wenn die Sonne tiefer am Himmel steht, werden wir Kurs auf die Leifeng-Pagode nehmen. Sie ist eine der zehn Sehenswürdigkeiten in Quinsai, die jeder Reisende unbedingt sehen sollte. Dazu brauchen wir nicht einmal an Land zu gehen, denn vom See aus haben wir eine viel bessere Sicht. Wir werden den Sonnenuntergang an Bord der Barke genießen, während mein Koch Ihnen alle möglichen Spezialitäten serviert: sauren Fisch nach Westsee-Art, zartes Huhn mit Lotusblättern ..."

„Hast du das gehört?", wisperte Meili aufgeregt.

Ping nickte. „Ja, lecker! Saurer Fisch, meine Lieblingsspeise."

„Nein, du Dummkopf!", fuhr sie ihn an. „Ich meine die Pagode. Wir werden genau zum richtigen Zeitpunkt dort eintreffen, um Heng Fu und Bao zu treffen. Ist das nicht eine einmalige Gelegenheit?"

„Ach ja? Und wie willst du an Land kommen? Schwimmen?"

„Überlass das nur mir", grinste sie. „Ich habe schon eine Idee."

Einige Stunden später näherte sich die Barke mit der fröhlichen Gesellschaft der Leifeng-Pagode. Die Umrisse des fünfeckigen Turms hoben sich gegen den von der untergehenden Sonne rot gefärbten Himmel scharf ab. Doch Meili hatte keine Augen für den einmaligen Anblick. Sie hatte andere Pläne.

„Ich bin so müde", seufzte sie gähnend, obwohl dies sehr unhöflich war. „Dauert es noch lange?"

Der Vater, vom Reiswein angeheitert, lächelte verständnisvoll. „Du musst dich nur noch eine Weile gedulden", vertröstete er sie. „Wir wollen doch den Mondaufgang nicht versäumen."

„Ich kann meine Augen kaum noch offen halten", gähnte Meili abermals. „Könntest du Ping und mich nicht am Ufer absetzen? Von dort ist es nicht weit bis zum Stadttor und zu unserem Haus."

Obwohl Frau Wang ihre Einwände hatte, die Kinder alleine gehen zu lassen, gab der Vater dem Bootsmann den Befehl, das Boot zum Ufer zu lenken. „Geht geradewegs nach Hause, und sprecht mit niemandem!", rief er ihnen nach, während der „Goldene Kranich" schon wieder wendete und auf den See hinausglitt.

„Du bist einmalig!" Ping war echt beeindruckt.

Wenig später hasteten die beiden die steilen Stufen zur Pagode hoch, die verlassen in der Abendsonne stand. Die Mönche, die sich tagsüber darum kümmerten, hatten sich bereits ins nahe gelegene Kloster zurückgezogen.

„Kannst du dich an die Geschichte von der Schlangenfrau erinnern?", fragte Meili ihren Bruder.

„Klar. Ein Mönch hat sie im Kellergewölbe der Leifeng-Pagode eingesperrt, weil er überzeugt war, sie sei eine Hexe."

„Ob sie dort immer noch gefangen gehalten wird?" Meili schauderte.

„Das ist doch nur ein Märchen", beruhigte Ping sie. „Die Mönche bewahren dort Reliquien, keine Hexen auf." Doch ganz geheuer war es auch ihm nicht, als er durch eine angelehnte Tür in das Gebäude trat.

„Bao!", rief er. Doch seine Stimme hallte ohne Antwort gespenstisch im Turm wider.

„Wo sind sie nur?", wunderte sich Meili, die ihrem Bruder trotz aller Bedenken gefolgt war. Im Halbdunkel konnte man nur eine Wendeltreppe ausmachen, die ins nächste Stockwerk der Pagode hochführte.

Plötzlich schlug die Tür hinter ihnen zu.

„So ein Mist", fluchte Ping. „Man hat uns in eine Falle gelockt. Habe ich es nicht gleich gesagt, dass man dem Meister der Diebesgilde nicht trauen kann?" Er rüttelte an der Tür, doch wie sehr er sich auch anstrengte, sie blieb verschlossen.

„Komm, schnell!" Meili hatte eine Idee. Sie packte ihren Bruder

am Arm und tastete sich im Dunkeln die Stiegen hoch. Es dauerte nicht lange, und sie hatten eine Maueröffnung erreicht, durch die die rot glühenden Strahlen der untergehenden Sonne schimmerten. Die Treppe führte auf einen der Balkone, die die Pagode umspannten. Meili hastete zum Geländer. Zwar konnte sie niemanden sehen, doch die Stimmen direkt unter ihr waren klar und deutlich zu vernehmen.

„Und was steht als Nächstes auf dem Plan?"

„Zum Wirtshaus ‚Zu den Hundert Laternen' natürlich. Wir wollen doch nicht, dass uns der Küchenjunge im letzten Augenblick unsere Pläne durchkreuzt."

Und dann sah man zwei Männer die Stufen zur Uferstraße hinabeilen. Einer von beiden war Sekretär Xu.

„Das kann doch nicht wahr sein!", stieß Ping hervor. „Wir müssen so schnell wie möglich raus hier, um Bao zu warnen."

„Und wie sollen wir das schaffen?" Meili blickte übers Geländer. „Der Balkon ist zu hoch und die Tür ist versperrt."

„Ich kann euch helfen!", erklang eine helle Stimme von unten. Ein Junge war aus dem Schatten eines Baumes getreten. Er hatte von dort alles beobachtet und gesehen, wie die Pagode verschlossen wurde.

„Ogotai?" Meili traute ihren Augen nicht. „Was machst du denn da?"

„Das erkläre ich euch später. Erst muss ich hier ein riesiges Schloss knacken."

„Wie schaut es aus?", fragte Ping, gleich bei der Sache.

„So eines mit Zahlen, die man drehen kann", erklärte der Straßenjunge, während er das Schloss untersuchte. „Die ersten fünf klemmen. Nur die letzten beiden lassen sich verschieben."

„Wie lauten die Zahlen?" Ping wusste genau, wie solche Schlösser funktionierten, meist folgten sie einem verzwickten Zahlencode. Ping kannte derartige Codes aus dem Mathematikunterricht zur Genüge.

„Keine Ahnung", erwiderte Ogotai. „Ich kann zwar bis 20 zählen und auch etwas rechnen, doch lesen kann ich leider nicht."

„Hast du noch den Zettel, auf dem du mir letzte Woche gezeigt hast, wie man Zahlen schreibt?", mischte sich Meili ein.

Ping kramte in seiner Hosentasche, bis er endlich eine zerknüllte Papierkugel hervorzog. „Hier sind die Zahlen von eins bis zehn hintereinander aufgelistet", erklärte er Ogotai, während er den Zettel hinabwarf. „Damit kannst du entschlüsseln, wie die Ziffern auf dem Schloss lauten." Er überlegte einen Augenblick. „Danach helfe ich dir, die letzten Ziffern der Zahlenreihe richtig zu ergänzen."

„Halt, nicht so schnell." Ogotai konnte dem nicht folgen.

„Also", erklärte Ping langsamer. „Es ist ganz einfach. Sobald wir die Zahlen auf dem Schloss kennen, überprüfen wir, ob sie einem bestimmten Muster folgen. Wenn sie das tun, ist es leicht auszurechnen, wie die letzten Ziffern lauten müssen. Da die ersten Glieder des Schlosses klemmen, müssen die Ziffern darauf ja bereits in der richtigen Reihenfolge stehen."

„Die erste Zahl auf der linken Seite ist eine Eins", verkündete Ogotai nach einer Weile stolz. Schon bald hatte er auch die anderen Zahlen entschlüsselt. Jetzt brauchten sie nur noch die fehlenden Ziffern der Zahlenreihe auszurechnen, um das Schloss zu knacken.

Wie müssen die letzten beiden Ziffern lauten?

Feuerwerk über der Stadt

„Wir müssen sofort zum Wirtshaus ‚Zu den Hundert Laternen'", drängte Meili, als sie mit Ping aus der Pagode in die Dämmerung trat. „Bao ist in großer Gefahr." Ohne auf die Jungen zu warten, sprang sie die Stufen zur Uferstraße hinab.

„Wieso?", wunderte sich Ogotai, der sie schnell eingeholt hatte. Obwohl er von seinem Versteck aus gesehen hatte, wie Sekretär Xu und sein Gehilfe die Geschwister in den Turm sperrten, war er nicht nahe genug gewesen, um das Gespräch zu verstehen.

„Sekretär Xu ist der Dieb", begann Meili zu erklären, ohne ihren Schritt zu verlangsamen. „Dummerweise haben wir ihm vertraut und ihm gestern alles erzählt. Er weiß nicht nur, dass Meister Heng Fu nach ihm sucht, sondern auch, wo sich Bao versteckt hält."

„Seid ihr völlig verrückt?" Ogotai traute seinen Ohren nicht. „Der Dieb hat Bao bedroht! Ist euch klar, was ihr da angerichtet habt?"

„Wir ahnten ja nicht, dass er der Dieb war", gestand Meili kleinlaut. „Wir dachten, Xu könnte uns bei der Suche helfen."

„Und jetzt", ergänzte Ping, „will sich der Sekretär Bao schnappen, weil er befürchtet, dass der Junge im letzten Augenblick irgendwelche Pläne durchkreuzen könnte."

„Wisst ihr, was er im Schilde führt?", fragte Ogotai.

„Keine Ahnung, doch es ist bestimmt nichts Gutes", meinte Ping.

Ohne Pause hasteten die Kinder die schmale Uferstraße entlang. Die Sonne war inzwischen untergegangen. Nur am Horizont glühte noch immer ein feuerroter Streifen. Gerade als sie den Weg Richtung Stadttor einschlugen, begannen die Mönche des nahe gelegenen Jingci-Klosters, die riesige Bronzeglocke, die das Ende des Tages ankündigte, zu schlagen. Ihr Klang hallte über den See, um kurz darauf als gespenstisches Echo zurückzukehren.

„Was hattest du eigentlich bei der Leifeng-Pagode zu schaffen?", wollte Ping von Ogotai wissen. „Wer garantiert uns, dass du nicht ebenso mit dem Sekretär unter einer Decke steckst?"

„Na, in diesem Fall hätte ich euch wohl besser bei der Hexe in der Pagode lassen sollen", entgegnete Ogotai schlagfertig, doch dann wurde er ernst. „Ich arbeite im Auftrag von Meister Heng Fu. Ihm kam zu Ohren, dass Sekretär Xu zusammen mit anderen Männern ein Verbrechen plante. Etwas Großes. Doch er wusste nicht genau, was. Deswegen hat er mich beauftragt, dem Mann nachzustellen."

„Hast du herausgefunden, was er vorhat?"

„Nein. Zwei reiche Gören in einem Turm kamen mir in die Quere", grinste er. „Los, beeilt euch! Wir müssen vor den Männern beim Wirtshaus sein."

„Werden die Tore nicht bald für die Nacht geschlossen?", fragte Meili, als sie sich dem Stadttor näherten.

„Erst zur Stunde des Schweines, wenn die Ausgangssperre beginnt", antwortete Ogotai. „Bis dahin ist noch ewig Zeit."

Trotzdem mussten sie am Tor warten, denn nur wenige Augenblicke vor ihnen waren zwei Lastenträger angekommen. An Bambusstangen, quer über ihren Schultern, baumelten schwere, bis zum Rand vollgepackte Körbe. Der Wachmann stellte sich den beiden breitbeinig in den Weg und begann, sie ausführlich zu befragen, was sie um diese Zeit noch in der Stadt wollten. Erst als er mit der Auskunft zufrieden schien,

winkte er die Männer durchs Tor. Ping überlegte, wie sie auf die Fragen des Wachmanns reagieren sollten, doch dieser ließ die Kinder ohne Weiteres passieren.

„Hier lang", wies Ogotai den Weg. Er kannte sich in dem Straßengewirr Quinsais gut aus und wusste, wie man schnell zum Wirtshaus gelangte.

Noch war Betrieb in der Stadt. Passanten eilten nach Hause, Straßenverkäufer packten ihre Waren ein und räumten ihre Stände auf, während in den Kanälen Bootsleute ihre Kähne für die Nacht vertäuten.

Mit Ogotai an der Spitze stürmten die Geschwister durch Straßen, die ihnen völlig fremd waren.

„Endlich", seufzte Meili erleichtert, als sie an der nächsten Ecke das Wirtshaus „Zu den Hundert Laternen" erkannte. „Wir sind da."

„Ogotai!" Ein hagerer Junge tauchte plötzlich wild gestikulierend aus dem Schatten auf. Hinter ihm erschien eine Horde von Straßenjungen, die alle aufgeregt durcheinanderredeten. „Bao wurde entführt!", übertönte der Hagere die anderen.

„Habt ihr Meister Heng Fu Bescheid gegeben?", erkundigte sich Ogotai.

„Der ist mal wieder unauffindbar", erwiderte der Junge.

„Wir wissen jedoch, wohin sie Bao geschleppt haben", mischte sich ein kleiner Junge ein, der selbst Meili nur bis zur Schulter reichte. „Die Männer wollten ihn in einen verlassenen Tempel bringen."

„In welchen Tempel?"

Der Junge zuckte mit den Schultern. „Keine Ahnung. Aber ich habe gehört, dass sie noch heute Nacht den Vizekönig stürzen wollen."

„Erzählst du uns mal wieder eine deiner Lügengeschichten?", fragte Ogotai den Jungen streng.

Der schüttelte heftig den Kopf, während er sich mit seinem Ärmel die Nase wischte. „Ehrenwort. Die Männer haben von irgendwelchen gelben Drachen gesprochen, die den Palast stürmen sollen."

„Eine Rebellion!", entfuhr es Ping fassungslos. „Das müssen wir unbedingt verhindern."

„Wie sollen wir das schaffen, wenn wir nicht mal wissen, wo sich die Rebellen versammeln?" Ogotai wusste nicht mehr weiter.

„Wir sollten auf alle Fälle die Nachtwachen alarmieren", schlug Ping vor. „Die könnten Alarm schlagen, so wie sie es gewöhnlich bei Feuer tun."

„Gute Idee. Dadurch würden auch die Truppen des Großkhans, die vor den Stadttoren lagern, gewarnt."

„Wo ist der nächste Wachturm?", drängte Meili. Sie wollte nicht länger tatenlos herumstehen.

„Bei der Hauptbrücke am Kanal", erwiderte Ogotai und rannte los Ping und Meili mit den Straßenjungen folgten ihm.

Die Nachtwächter wussten nicht, wie ihnen geschah, als plötzlich eine Gruppe Kinder in ihre Wachstube stürmte und ihr gemütliches Kartenspiel unterbrach.

„Was wollt ihr?", fragte sie einer der Wächter schroff.

„Der Sekretär des Präfekten plant, den Vizekönig zu stürzen", erklärte Ping ernst.

Statt zu antworten, lachte der Mann laut auf.

„Sie müssen Alarm schlagen, um die Wächter auf den anderen Wachtürmen und die Truppen zu warnen!", forderte Meili.

„Verschwindet", gebot ihnen der Mann immer noch lachend, während sein Kollege die Kinder aus dem Raum scheuchte.

„Aber ...", wandte Ping ein.

„Verschwindet, habe ich gesagt", wiederholte er, inzwischen ernst. „Wir haben Wichtigeres zu tun, als euren Märchen zu lauschen."

„Und jetzt?", stöhnte Ogotai, als sie vor dem Wachturm auf der Straße standen.

„Wir könnten heimlich selbst den Gong schlagen", schlug einer der Jungen vor.

„Die Männer sitzen direkt davor", entgegnete Meili. „Da kommen wir nie ran."

„Werden auf den Wachtürmen nicht Raketen aufbewahrt?", überlegte Ping laut. „Wir könnten damit die anderen Wachtürme alarmieren."

„Stimmt", erwiderte Ogotai. „Die Raketen werden vermutlich oben im Turm gelagert." Er dachte kurz nach. „Nehmen wir mal an, die Wächter gehen abwechselnd jede halbe Stunde zur Kontrolle hoch … Wenn wir uns beeilen, könnten wir es da ohne Weiteres schaffen, ungesehen hochzuschleichen, bevor der nächste seine Runde antritt."

„Gut", meinte Ping. „Du und Meili, ihr kommt mit hoch. Die anderen warten besser hier unten auf uns."

Ogotais Vermutung war richtig und wenig später standen die drei auf der Aussichtsplattform über einen Holzständer gebeugt, auf den Ping eine Rakete gelegt hatte.

„Und welche dieser Zündschnüre sollen wir nun anzünden?", fragte Ogotai, der bereits einen Holzspan an der Laterne entzündet hatte.

„Keine Ahnung." Ping starrte ratlos auf das Schnurgewirr. „Erinnert mich an eine Schüssel voller Nudeln."

Und trotz aller Aufregung fiel ihm auf einmal ein, dass er noch nichts gegessen hatte.

„Kein Problem", meinte Meili fachmännisch. „Mein Stickgarn sieht oft viel schlimmer aus." Und sie begann, die Zündschnüre zu entwirren.

 Welche Zündschnur sollen sie entzünden?

Die Rebellion der gelben Drachen

Die Rakete schoss zischend in den Himmel hoch, wo sie mit einem ohrenbetäubenden Knall zerplatzte und als glühender Funkenschauer auf die Stadt niederrieselte. Doch kaum waren die letzten Funken verglüht, kamen die Wächter die Stufen hochgepoltert.

„Wie könnt ihr es wagen?", schrie der Wachmann, der sie zuvor ausgelacht hatte. „Die Raketen sind nur für den äußersten Notfall vorgesehen! Als Signal für die anderen Wachtürme." Und wie auf ein Zeichen hin hallte plötzlich der dumpfe Klang hölzerner Gongs von nah und fern über die Stadt. Die Wächter der anderen Türme hatten die explodierende Rakete gesehen und schlugen Alarm. Unten auf der Straße traten neugierige Menschen aus ihren Häusern. Mit Laternen in der Hand wollten sie herausfinden, was geschehen war. Dann plötzlich brach ein Tumult aus.

„Seht ihr, was ihr angerichtet habt?", schimpfte der Wachmann. „Um hier wieder Ordnung zu schaffen, benötigen wir die Truppen, die vor den Toren lagern."

„Wenn Sie die Rebellion verhindern wollen", verkündete Ping, „brauchen Sie die ohnehin!"

„Nun fangt bloß nicht wieder mit dem Unsinn an!"

„Es ist kein Unsinn", korrigierte ihn Ogotai. „Während wir hier kostbare Zeit verplempern, bereiten sich die Rebellen in einem verlassenen Tempel zum Angriff auf den Vizekönig vor."

„Vielleicht sollten wir sicherheitshalber doch nachprüfen, ob diese Geschichte wahr ist", meinte ein jüngerer Wachmann. „Es gibt hier nur einen verlassenen Tempel: den ehemaligen kaiserlichen Ahnentempel. Es kann nicht schaden, dort mal nachzusehen."

„Na gut", lenkte sein älterer Kollege ein. „Schicke einen Boten zum Hauptmann der Truppen, um Verstärkung anzufordern." Dann wandte er sich an die Kinder. „Falls eure Rebellion erfunden ist", drohte er ihnen, „wird es euch schlecht ergehen." Er blickte sie grimmig an. „Ihr bleibt hier, bis wir wiederkommen. Und wagt euch nur ja nicht von der Stelle."

Kurz darauf standen die Kinder allein auf dem Wachturm. Allerdings hatten sie keineswegs vor, dort tatenlos zu warten. Auch sie machten sich auf den Weg zum ehemaligen kaiserlichen Ahnentempel.

„Dass uns das nicht selbst eingefallen ist", meinte Ping, als er neben Ogotai und seiner Schwester, den Gassenjungen voran, durch das nächtliche Quinsai eilte. „War doch klar, dass es sich nur um diesen Tempel handeln konnte. Seit der Tatarenkaiser den Vizekönig eingesetzt hat, hat sich niemand mehr darum gekümmert. Der Tempel ist völlig vernachlässigt."

„Außerdem", ergänzte Ogotai atemlos, „liegt er gleich neben der Palastmauer. Eine ideale Lage, um von dort aus in den Palast einzudringen."

Etwa eine halbe Stunde später kauerten die Kinder hinter einer Gruppe hochgewachsener Kampferbäume, die ein Stück entfernt links vom Tempel standen. Die Fackeln, die entlang der Palastmauer aufleuchteten, verrieten den Standort der Truppen, die kurz vor den Kindern angekommen waren. Mehrere dunkle Gestalten begannen, sich gleich darauf aus der Dunkelheit zu lösen und dem Tempel zu nähern. Doch bevor es ihnen gelang, durchs Tor einzudringen, prasselte ein Schauer von Pfeilen vom Dach des Gebäudes auf sie hernieder. Durch den Alarm aufmerksam geworden, waren die Rebellen auf einen Angriff vorbereitet und hatten sich in Position gebracht.

„Wir gehen in den Tempel", flüsterte Ogotai fest entschlossen, „und holen Bao raus."

„Spinnst du?" Ping starrte ihn ungläubig an.

Doch der Junge ignorierte ihn. Stattdessen befahl er den anderen Straßenjungen, sich unauffällig von hinten an den Tempel heranzuschleichen und nach einem zweiten Eingang zu suchen.

„Aber die Rebellen sind bewaffnet!"

„Na und?", erwiderte Ogotai gelassen. „Überlass das nur uns."

Die Rebellen hatten sich im oberen Stockwerk des Tempels verbarrikadiert, wo ein Balkon aufs Dach hinausführte. Von hier konnten sie sich gut gegen die Angriffe der Soldaten verteidigen. Mit einer Attacke von der Rückseite des Tempels hatte jedoch keiner von ihnen gerechnet.

„Los!", zischte Ogotai, als seine Bande lautlos in das Gebäude eindrang. „Zeigt ihnen, was ihr von Meister Heng Fu gelernt habt!"

Ping und Meili, die den Straßenjungen bis auf den Balkon gefolgt waren, sahen mit offenem Mund zu, wie die Jungen in rasender Geschwindigkeit von hinten auf die Verschwörer zustürmten. Dabei sprangen sie mit großen Sätzen durch die Luft, sodass es fast aussah, als würden sie fliegen. Ogotai schlug ein kunstvolles Rad und gab einem der bewaffneten Männer einen kraftvollen Stoß. Dessen Bogen fiel aus seiner Hand, während er den Jungen verblüfft anstarrte.

Selbst der Knirps, der bekannt für seine Lügengeschichten war, wirbelte geschickt herum, schlug Purzelbäume in der Luft und hieb dabei mit Fäusten und Fersen um sich.

„Wir müssen den anderen helfen." Obwohl Meili nicht in der Kampfkunst ausgebildet war, stürzte sie nun auf Sekretär Xu zu, klammerte sich an dessen Arm fest und begann, ihn wie eine wilde Katze zu kratzen.

„Meili?", fragte dieser verwundert, als er Herrn Wangs Tochter erkannte. Dann plötzlich schrie er vor Schmerzen laut auf. Das Mädchen hatte ihn in die Hand gebissen. Gleichzeitig griff Ping, der nicht länger tatenlos zusehen konnte, den Sekretär von hinten an. Der Mann stolperte und landete bäuchlings auf dem Boden. Einen Augenblick später hockte Ping über ihm und hämmerte mit den Fäusten wild auf ihn ein.

Der Überraschungsangriff der Kinder bot den kaiserlichen Truppen die Gelegenheit, den Tempel zu stürmen, denn nun waren die Rebellen zu sehr abgelenkt, als dass sie noch hätten Pfeile schießen können. Es dauerte nicht lange, und sie waren überwältigt. Gleich darauf war der staunende Bao, den die Rebellen an einen Stuhl gefesselt hatten, befreit.

„Menschenskinder", meinte Ping, immer noch atemlos, doch voller Bewunderung. „Ihr werdet nicht ohne Grund Kampfgrillen genannt."

„Meister Heng Fu ist ein guter Lehrer", erwiderte Ogotai bescheiden. „Doch du und deine Schwester, ihr seid auch nicht ohne. Euer Kampfstil allerdings", fügte er grinsend hinzu, „lässt noch zu wünschen übrig."

„Präfekt Tien ist bei Vater auf Besuch", teilte Ping seiner Schwester mit, als sie sich am Nachmittag des folgenden Tages im Garten trafen. Er deutete auf den Pavillon. „Die unterhalten sich sicher über die Rebellion." Er hielt einen Augenblick inne. „Komm schon, ich will mehr darüber erfahren."

Meili schielte auf das Diabolo ihres Bruders, das dieser unter den Arm geklemmt hatte, doch dann folgte sie ihm in ein Versteck neben dem Pavillon.

„Die Sekte nannte sich ‚Die gelben Drachen'", erklärte Präfekt Tien gerade ihrem Vater. „Xu war ihr Anführer. Ziel seiner Organisation war es, den Vizekönig zu stürzen, die Macht an sich zu reißen und schließlich Xu als Kaiser einzusetzen."

„Ich kann es immer noch nicht fassen", meinte Herr Wang. „Wer hätte Xu das zugetraut? Zettelt eine Rebellion an und hat noch dazu die Frechheit, Sie zu bestehlen, um sein verrücktes Vorhaben zu finanzieren ... Nicht zu vergessen, dass er Ihr Personal bedrohte." Ungläubig schüttelte er den Kopf. „Zwar halte ich absolut nichts davon, wenn Kinder ihre Nasen in anderer Leute Angelegenheiten stecken, doch ohne Ping und Meili wäre es dem Mann vermutlich gelungen, seinen Plan auszuführen."

„In der Tat", stimmte ihm der Präfekt zu. „Manchmal allerdings", gestand er, „male ich mir selbst gerne aus, wie es wäre, wenn wir uns der Tataren entledigten und die Herrschaft der Chinesen in Cathay wiederherstellen würden." Als er merkte, wie ihn Herr Wang erstaunt ansah, fügte er hinzu: „Auf legalem Wege natürlich."

„Das soll er nur mal nicht Marco Polo hören lassen", flüsterte Ping seiner Schwester zu. „Der könnte es nämlich Kublai Khan berichten, und dann würde Präfekt Tien ebenfalls als Rebell verhaftet."

Doch Meili hatte die Nase voll von Dieben, Aufständen und Rebellen.

„Herr Polo ist heute früh abgereist", stellte sie trocken fest. Dann griff sie nach dem Diabolo und den Stöcken, die ihr Bruder neben sich auf den Boden gelegt hatte, und rannte auf die Zickzackbrücke zu. Gleichzeitig begann sie, den Doppelkreisel schnell auf der Schnur zu wirbeln.

„Na, wenn das nur gut geht", stöhnte ihr Bruder. „Das letzte Mal, als du mit dem Diabolo gespielt hast, sind wir ganz schön in Schwierigkeiten geraten ..."

„Na und?", meinte Meili lachend. „Ohne meine akrobatischen Künste hätten wir nie die Rebellion verhindert!" Und sie schleuderte das Diabolo übermütig in die Luft.

Lösungen

Der fremde Teufel
Das Diabolo schwimmt im Goldfischteich, unterhalb der linken Brücke.

Ein rätselhaftes Orakel
Wenn man dem Rat des Wahrsagers folgt und nur jedes vierte Wort des Orakelspruchs nimmt, ergibt sich folgende Lösung: *Grillen – Jungen – Wissen – Versteck.*

Die Kampfgrillen

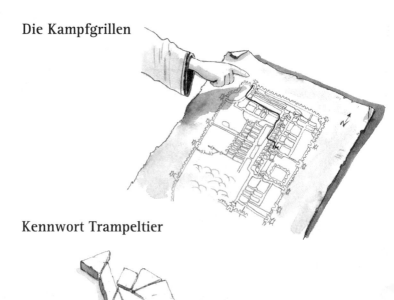

Kennwort Trampeltier

In der Höhle des Löwen
Die Vase des Präfekten steht auf dem dritten Regalbrett von oben, ganz rechts. Meili hat sie an der Perle erkannt.

Ermittlungen im Nachbarhaus
Dai Ling lügt. Sie konnte im abgeschiedenen Hinterhof gar nicht hören, wie das Tor zur Straße geöffnet wurde und gleich darauf laut krachend zuschlug. Vermutlich ist der Dieb also durch die versteckte Gartenpforte entwischt, von der der Torhüter sprach.

Ausflug zum Westsee
Es handelt sich um die linke Pagode auf der Landzunge im See.

Die Leifeng-Pagode am Abend
Die ersten fünf Zahlen auf dem Schloss lauten: 1, 4, 2, 5, 3. Die Zahlensprünge sind jeweils +3, −2, +3, −2, +3, −2. Die letzten beiden Ziffern der Zahlenreihe müssen daher 6 und 4 sein (3 + 3 = 6, 6 − 2 = 4).

Feuerwerk über der Stadt

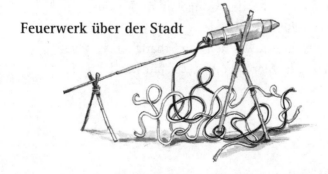

Glossar

Abakus: chinesische Rechentafel, mit der durch Verschieben von Perlen auch komplizierte Rechenaufgaben zu lösen sind
Ausgangssperre: festgelegte Zeit, zu der es aus Sicherheitsgründen verboten ist, sein Haus zu verlassen
Cathay: Bezeichnung für China zur Zeit Marco Polos
Diabolo: Spielgerät, das ursprünglich aus China stammt. Es besteht aus einem durch eine Achse verbundenen Doppelkegel. Dieser wird auf einer zwischen zwei Stöcke gespannten Schnur rotiert und in die Luft geworfen. Mit ein bisschen Übung kann man mit dem Diabolo viele Tricks ausführen.
Drachenbrunnentee: grüner Tee, der aus der Gegend von Hangzhou, dem früheren Quinsai, stammt
Fremder Teufel: abwertende Bezeichnung für Ausländer im alten China
Gilde: Vereinigung von Menschen, die den gleichen Beruf ausüben und die gleichen Interessen verfolgen
Großkhan: Titel der Mongolen für den obersten Herrscher ihres Landes
Hangzhou: südwestlich von Schanghai gelegene Stadt, die Marco Polo im 13. Jahrhundert auf

seinen Reisen besuchte (siehe auch Quinsai)

Hellebarde: Stoßwaffe mit langem Stiel, an deren Ende sich – zusätzlich zur Speerspitze – eine Streitaxt befindet

Jasminblütentee: mit Jasminblüten parfümierter Tee

Kalligrafie: Kunst des Schönschreibens

Kampferbaum: bis zu 50 Meter hoher immergrüner Baum, aus dessen Holz Kampferöl gewonnen wird

Kormoran: großer Wasservogel

Kublai Khan (1215–1294): Enkel Dschingis Khans, der China unter der Herrschaft der Mongolen vereinigte. Er ernannte sich sowohl zum Großkhan der Mongolen als auch zum Kaiser von China. Trotz seiner mongolischen Abstammung übernahm er die chinesische Lebensweise und gründete die Yuan-Dynastie.

Kupferling: Geldmünze aus Kupfer

Marco Polo (ca. 1254–1324): italienischer Händler und Forschungsreisender (siehe Anhang: Die wundersamen Reisen des Marco Polo)

Pagode: Turmbau, der im Andenken Buddhas errichtet wurde. In Pagoden bewahrte man oft buddhistische Schriften und Reliquien auf.

Pfandhaus: Laden, in dem man sich gegen Waren als Pfand Geld ausleihen kann

Präfekt: Regierungsbeamter, der einer Stadt oder einer Provinz vorsteht

Quinsai: alte Bezeichnung der chinesischen Millionenstadt Hangzhou (siehe dort)

Reich der Mitte: chinesische Bezeichnung für das alte China, so genannt, da man glaubte, es läge im Zentrum der Welt

Reliquien: religiöse Gegenstände, aber auch Gebeine, die von einer heiligen Person stammen

Sänfte: Tragestuhl

Schutzgeist: guter Geist, der Hausbewohner vor bösen Dämonen und Unglück beschützt

Siebenbrettspiel: Legespiel, auch Tangram genannt, das ursprünglich aus China stammt. Es besteht aus sieben Holzteilen, mit denen die verschiedensten Figuren gelegt werden können.

Stunde der Ratte: Zeiteinteilung im alten China: 23 Uhr bis ein Uhr

Stunde des Schweines: Zeiteinteilung im alten China: 21 Uhr bis 23 Uhr

Su-Deich: drei Kilometer langer Deich entlang des Westsees, der circa 1089 von einem ehemaligen Präfekten in Quinsai angelegt wurde

Tataren: Bezeichnung für die Mongolen zur Zeit Marco Polos

Westsee: künstlich angelegter See in Hangzhou (Quinsai)

Zeittafel

1215	Kublai Khan, zukünftiger Herrscher der Mongolen und Kaiser Chinas, wird geboren.
1234	Die Mongolen besiegen die Jin-Dynastie Nordchinas.
1254	Marco Polo wird in Venedig als Sohn des Juwelenhändlers Niccolò Polo geboren.
1260	Kublai Khan ernennt sich zum Großkhan der Mongolen.
1260	Niccolò Polo und Marcos Onkel Maffeo machen sich auf die Reise in den Osten, um dort mit Edelsteinen zu handeln. Durch einen Krieg mongolischer Stämme werden sie immer weiter die Seidenstraße Richtung China getrieben. An ihrer Rückreise gehindert, beschließen sie, zum Hof des Großkhans weiterzuziehen.
1264	Kublai Khan verlegt seine Hauptstadt von Karakorum nach Khanbalik, dem heutigen Peking.
1266	Niccolò und Maffeo treffen in Khanbalik ein und werden vom Großkhan

empfangen. Dieser schickt sie mit einer Botschaft an den Papst zurück nach Europa.

1269 Rückkehr der Gebrüder Polo nach Venedig

1271 Die Brüder Niccolò und Maffeo Polo machen sich abermals nach China auf, dieses Mal begleitet von dem jungen Marco, Niccolòs Sohn. Kublai Khan ernennt sich zum Kaiser von China und begründet die Yuan-Dynastie.

1274 Die Polos erreichen die Westgrenze Chinas. Kublai Khans neuer Palast in Khanbalik wird fertiggestellt.

1275 Ankunft der Polos am Hof des Kublai Khan. Marco Polo wird zum Gesandten des Großkhans ernannt.

1279 Ganz Südchina fällt unter die Herrschaft Kublai Khans.

1280 Kublai Khan lässt einen Verbindungskanal zwischen Khanbalik und Quinsai (Hangzhou) bauen.

1283 Die nördliche Strecke des sogenannten Großen Kanals zwischen Khanbalik und Quinsai wird vollendet.

1275–1291 Marco Polo hält sich am Hof des Großkhans auf. Er arbeitet im Dienst Kub-

	lai Khans und reist in dessen Auftrag kreuz und quer durch China.
1291	Die Polos beginnen ihre Rückreise.
1294	Kublai Khan stirbt in Khanbalik.
1295	Ankunft der Polos in Venedig
1298	Marco Polo nimmt an einer Seeschlacht zwischen Venedig und Genua teil. Dabei gerät er in die Gefangenschaft der Genuesen. Im Gefängnis von Genua berichtet er seinem Zellengenossen Rustichello da Pisa von seiner Reise, die dieser für ihn aufschreibt.
1299	Marco Polo wird aus dem Gefängnis in Genua entlassen und kehrt nach Venedig zurück, wo er wie sein Vater als Kaufmann arbeitet und eine Familie gründet.
1324	Marco Polo stirbt in Venedig.
1368	Die Rebellion der „Roten Turbane" stürzt die Fremdherrschaft der Mongolen. Der Rebellenführer, ein Bauernsohn, ernennt sich zum Kaiser von China und begründet die Ming-Dynastie, die die mongolische Yuan-Dynastie ablöst.

Die wundersamen Reisen des Marco Polo

Unterwegs nach China

Als der kleine Marco Polo 1260 sechs Jahre alt war, ging sein Vater Niccolò zusammen mit seinem Onkel Maffeo auf Geschäftsreise. Die venezianischen Juwelenhändler wollten in Kleinasien Edelsteine kaufen. Unvorhergesehenerweise dauerte diese Reise jedoch länger als geplant: Mutter und Sohn mussten ganze neun Jahre auf die Rückkehr des Vaters warten. Der Grund für die Verzögerung war, dass den Händlern der Heimweg abgeschnitten wurde, weil zwischen den mongolischen Stämmen der Gegend Kämpfe ausgebrochen waren. Statt heimzukehren, schlossen sich die Polos daher einer persischen Gesandtschaft an, die sich auf dem Weg nach China, zum Großkhan, befand.

Kublai Khan, der Herrscher des Mongolenreiches, empfing die Fremden erfreut. Da ihn das Abendland schon immer interessiert hatte, schickte er die Brüder bald darauf mit einer Botschaft an den Papst zurück nach Italien. Sie sollten 100 abendländische Gelehrte nach China geleiten, damit der Großkhan von ihnen mehr über das Christentum und die abendländischen Wissenschaften erfahren konnte.

Nach zwei Jahren in der Heimat machten sich die beiden Juwelenhändler 1271 wieder auf den Weg nach China. Da Frau Polo inzwischen verstorben war, durfte der nun 17-jährige Marco seinen Vater und den Onkel auf der langen Reise begleiten.

Auch zwei Mönche, die der Papst anstelle der 100 Gelehrten entsendet hatte, waren mit von der Partie. Allerdings gaben die heiligen Männer bereits nach kurzer Zeit auf. Die Strapazen der Reise waren ihnen zu beschwerlich und sie zogen es vor umzukehren.

Die Polos dagegen schlossen sich den Handelskarawanen an, die entlang der Seidenstraße nach Osten zogen. Die lange Reise führte sie durch die heutige Türkei und Zentralasien bis ins ferne Cathay (China).

Obwohl sie entlang einer beliebten Handelsroute reisten, waren die Wege keineswegs sicher. Da gab es Räuber und Banditen, die den Reisenden auflauerten. Es mussten tosende Ströme, endlose Wüsten und schneebedeckte Gebirgspässe überwunden werden.

Doch die drei wurden für alle Strapazen belohnt,

denn vor ihren Augen erstreckten sich großartige Landschaften, sie sahen herrliche Städte, und fast überall wurden sie gastfreundlich empfangen. Der wissbegierige Marco konnte nicht genug davon bekommen. Dann endlich, nach dreieinhalb Jahren, erreichte die Reisegruppe Kublai Khans prächtigen Hof.

Im Reich des Großkhans

Kublai Khan beherrschte zu diesem Zeitpunkt bereits ein riesiges Reich, das sich vom Pazifischen Ozean bis zum Schwarzen Meer und von Sibirien bis zum Himalaja erstreckte. Erst kurz zuvor war es ihm gelungen, den letzten chinesischen Kaiser zu stürzen und sich selbst zum Kaiser von China zu ernennen. Damit vollendete er, was sein Großvater begonnen hatte. Denn nur ein Jahrhundert, bevor die Polos den Hof des Großkhans erreichten, hatte das nomadische Reitervolk der Mongolen, dessen Stämme die nördlichen Grassteppen besiedelten, relativ wenig Macht. Doch Kublais Großvater Dschingis Khan war es gelungen, die verschiedenen Stämme unter seiner Herrschaft zu vereinen. Er schaffte es, alle benachbarten Gebiete zu unterwerfen, mit dem Ziel, eines Tages ganz Asien zu regieren.

Sein Enkel Kublai Khan war jedoch, trotz aller Eroberungspolitik, ein aufgeschlossener Mann, der an Marco Polo gleich Gefallen fand. Der junge Venezianer lernte schnell und machte bald Karriere am Hof Kublai Khans. Manche Quellen behaupten, er sei als Steuereinzieher im Dienste des Großkhans durch die Lande gezogen, andere, er hätte als Statthalter gearbeitet. Allerdings gibt es dafür keinerlei Belege, und niemand weiß genau, welche Aufgaben Marco Polo erfüllte.

Ziemlich sicher ist allerdings, dass Marco – nachdem er sich einige Jahre in der Kaiserstadt aufgehalten hatte – viel Zeit damit verbrachte, das Reich zu durchreisen. Da sich der Herrscher für alles, was in seinem Land geschah, interessierte, sammelte er dabei für ihn alle möglichen Informationen. Immer noch voller Begeisterung, erinnerte sich Marco Polo Jahre später an seine ausgedehnten Reisen durch China.

Wie in einem modernen Reiseführer beschrieb er die prächtigen Städte, die einmaligen Landschaften und die Sitten und Gewohnheiten der Bewohner. Die Millionenstadt Quinsai gefiel ihm besonders gut. Liebevoll schilderte er die Paläste, Gärten und Prachtstraßen der Stadt, erzählte von eleganten Brücken, die die Kanäle überspannten, und vom Westsee. Für Marco Polo war es die schönste Stadt der Welt.

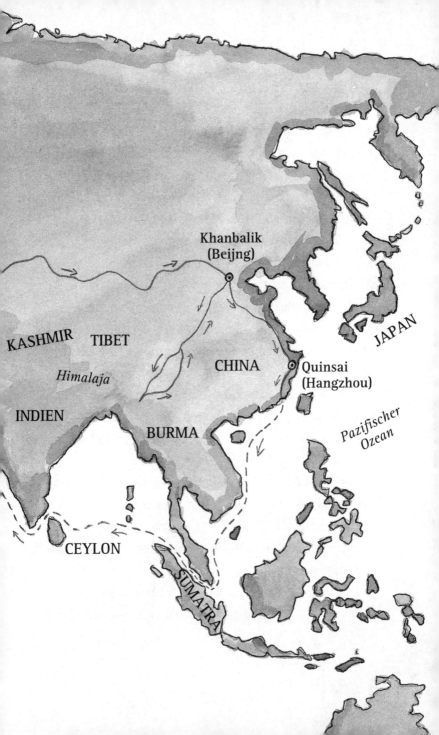

Die Rückkehr nach Venedig

Viele Jahre später, 1291, beauftragte der Großkhan die Polos mit einer Sondermission: Sie sollten eine mongolische Prinzessin auf dem Seeweg nach Persien begleiten, weil der Landweg inzwischen zu gefährlich geworden war. Für Marco, seinen Vater und den Onkel bot sich dadurch die einmalige Gelegenheit, in ihre Heimat zurückzukehren. Dann, vier Jahre später, klopften die erschöpften Reisenden endlich an die Tore ihres Palazzos in Venedig, doch niemand wollte die Männer, deren Gewänder von der langen Reise abgetragen waren, einlassen. Erst als sie ihre Kleidersäume auftrennten und die darin verborgenen Edelsteine vorzeigten, erkannten ihre Verwandten, dass es sich tatsächlich um Marco, Niccolò und Maffeo handelte, die vor 24 Jahren nach China aufgebrochen waren und die längst für tot gehalten wurden.

Nach all den aufregenden Jahren im Ausland kam Marco der Alltag in Venedig sicher unglaublich langweilig vor. Als 1298 ein Krieg zwischen seiner Heimatstadt und Genua ausbrach, entschloss er sich wohl deswegen, eine der venezianischen Galeeren zu befehligen. Die Genueser gewannen die Seeschlacht und Marco geriet in Gefangenschaft. Kurz darauf fand er sich im Gefängnis von Genua wieder, wo er mehrere Monate lang festsaß. Doch Marco wusste die Zeit sinnvoll zu nutzen: Wie es der Zufall wollte, war sein Zellengenosse Rustichello da Pisa Schriftsteller. Marco sah dies als einmalige Gelegenheit. Er ließ sich von seinem Vater seine Notizbücher aus Venedig schicken und diktierte dem Mitgefangenen seine Reiseerlebnisse. Das Buch, das unter dem Titel „Die Wunder der Welt" bekannt wurde, war äußerst erfolgreich. Es zählte neben der Bibel zu den meistgelesenen Büchern des Mittelalters. Zwar taten viele Leser die wundersamen Schilderungen oft als Märchen ab – denn wer glaubte schon, dass die Menschen in China nicht nur mit Münzen, sondern auch mit Papier zahlten oder dass sie schwarze Steine aus der Erde holten, um damit ihre Öfen zu heizen? Doch auch wenn Marcos Zeitgenossen nicht alles für bare Münze nahmen, wollte trotzdem jeder seine Abenteuer lesen.

Er selbst beteuerte immer wieder, dass sein Reisebericht der Wahrheit entsprach. Noch auf seinem Sterbebett im Jahr 1324, als ihn ein Priester bat, den Lügengeschichten abzuschwören, bestand er darauf, dass jedes Wort stimme. Übersetzt in zahlreiche Sprachen, ist Marco Polos Werk auch heute noch spannend und lesenswert.

Hauke Kock

Das Vermächtnis des Piraten

Illustrationen von Hauke Kock

Hoher Seegang

Als die Kogge die Elbmündung erreichte, ließ der Seegang nach. Obwohl sein Gesicht immer noch kalkweiß war, wagte sich Johann wieder aus der kleinen Kajüte unter dem Achterkastell an Deck. Mit den Händen krallte er sich an der Reling fest und richtete den Blick auf den Horizont.

„Immer noch seekrank?", fragte Marten, der sich von hinten an ihn herangeschlichen hatte, halb mitfühlend, halb belustigt. „Als Kaufmannslehrling wirst du noch oft Seereisen unternehmen müssen, also gewöhne dich lieber daran. Aber wenn wir Glück haben, erreichen wir Hamburg noch heute Abend."

Johann stöhnte nur, sah auf die Wellen hinaus und wünschte sich nichts sehnlicher als festen Boden unter den Füßen. Marten hielt ihm schadenfroh einen geräucherten Fisch unter die Nase und meinte spöttisch: „Du hast seit unserer Abfahrt aus Bremen nichts mehr gegessen. Möchtest du ein Stück?"

Johann, dessen Magen sich beim bloßen Gedanken an Essen schmerzhaft zusammenkrampfte, presste die Lippen zusammen.

„Danke für dein Beileid, lieber Vetter", krächzte er.

„Wird schon wieder!" Marten klopfte Johann auf die Schulter. „Sei froh, dass du deine Lehre bei meinem Vater in Lübeck machst und nicht in einem der Hansekontore. Denk nur, man hätte dich nach Bergen in Norwegen geschickt. Da wärst du drei Wochen auf dem Schiff, mindestens, und das bei günstigem Wind. Dann die langen, bitterkalten Winter – die ganze Zeit ist es dunkel. Und was die Gesellen dort mit den neuen Lehrlingen anstellen, willst du lieber gar nicht wissen ...!"

„Was denn?", fragte Johann, der nun doch neugierig geworden war.

„Richtig gequält werden die", erklärte Marten. „Das ist dort so eine Art Begrüßungsritual: Sie treiben die Jungen durchs eiskalte Wasser, verhauen sie mit Birkenzweigen und hängen sie im Kamin über stinkendem Rauch auf. Bei alledem müssen die armen Lehrburschen auch noch alberne Fragen beantworten und lustige Lieder singen. Angeblich soll das die Jungen stark machen. Man will dort im Norden keine Weichlinge haben, die gleich losheulen. Und jetzt rate mal, wieso man das *hänseln* nennt ...?"

Johann riet: „Hm, hat das was mit der Hanse zu tun ...?"

Plötzlich wurde ihre Unterhaltung von einem lautstarken Streit unterbrochen. Martens Vater, der Kaufmann Hinrich Brockhusen, stapfte wütend über die Deckplanken. Ihm folgte ein großer Mann mit hellem Haar.

„Wer ist eigentlich dieser blonde Riese, der im letzten Hafen zugestiegen ist?", wollte Johann von Marten wissen.

„Ich habe ihn auch noch nie gesehen. Zu mir sagte er, sein Name sei Hisko Wiemke, er komme aus Friesland und er sei ein alter Freund meines Vaters."

„Wie ein Treffen unter Freunden sieht das aber nicht gerade aus", meinte Johann und blickte zu den beiden Männern, die erneut eine heftige Meinungsverschiedenheit auszutragen schienen. Hisko redete wild gestikulierend auf den Kaufmann ein, aber Brockhusen schüttelte immer wieder energisch den Kopf. Die Jungen konnten kaum verstehen, worum es ging, dazu pfiff der Wind zu stark.

„Alles Einbildung!", rief Brockhusen gerade wütend. „Die Vergangenheit muss man ruhen lassen. Und jetzt Schluss!"

Hisko Wiemke baute sich drohend vor Brockhusen auf und knurrte: „Es gehört nicht dir allein! Gib uns unseren Anteil."

„Nein und nochmals nein! Kein Wort mehr davon!"

Mit diesen Worten ließ Brockhusen Wiemke stehen und bestieg die Treppe zum Achterkastell.

Hisko tat, als sei nichts geschehen. Scheinbar aufmerksam begutachtete er den stabilen Mast der Kogge, an dem sich das große Rahsegel im Wind blähte. Beiläufig versuchte er, einen Blick in die Ladeluke zu werfen. Dann schlenderte er zu den Jungen hinüber und lehnte sich an die Reling.

„Ihr zwei seid also die Kaufmannslehrlinge hier an Bord", sagte er und grinste schief.

„Lehrling im dritten Jahr – und Brockhusens Sohn", antwortete Marten nicht ohne Stolz. „Und dies ist Johann Quandt, neuer Lehrbub aus Köln, auf seiner ersten Seefahrt."

Hisko schmunzelte. „Der gute Rhein ist gewiss ein ruhigerer Geselle als unser raues Nordmeer. Man sieht, dass dir nicht ganz wohl ist. Nun, das geht vorüber. Sagt mal, ihr wisst doch bestimmt, was die Kogge geladen hat, oder?"

Johann platzte heraus: „Vierzig Last vom guten Baiensalz, Fässer edlen Weines aus Frankreich, dann viele Ballen feiner Tuchwaren aus Flandern und ..."

Marten knuffte ihn in die Seite und zischte leise: „Das musst du nicht gleich jedem auf die Nase binden!" Laut fragte er Hisko: „Warum habt Ihr Euch mit meinem Vater gestritten?"

„Nichts weiter. Nur ein kleines, ähm ... Missverständnis", wich der Friese aus und verabschiedete sich eilig und unter einem Vorwand von den beiden Jungen.

Marten zog Johann zum Bug, wo sie niemand hören konnte.

„Hör zu: Ein Kaufmann auf Reisen posaunt niemals heraus, wie wertvoll seine Waren sind. Das geht nur ihn und den Käufer etwas an. Zu viele Mitwisser bedeuten Gefahr. Besonders wenn man, wie wir, alleine segelt und nicht im Schutze eines Konvois. Es mag heute nicht mehr so viele Vitalienbrüder geben wie noch vor einiger Zeit ..."

„Vitalienbrüder? Du meinst Piraten? Hier auf der Elbe?", unterbrach ihn Johann erschrocken. „Ich dachte, dieser Störtebeker und seine Männer wären längst gefangen und geköpft?"

„Stimmt. Aber ein paar Schurken sind entkommen und machen immer noch die Handelswege in der Nordsee unsicher", sagte Marten. „Mein Vater hat mir oft von den Gräueltaten der Vitalier erzählt. Er verabscheut sie wie die Pest. Sie sind grausam und haben unzählige Kaufleute umgebracht oder in den Ruin gestürzt. Stell dir vor, vor ein paar Jahren durfte kein Schiff der Hanse mehr nach Schonen auslaufen, die Piratengefahr war einfach zu groß. Der ganze Handel mit Heringen lag lahm. Die Preise stiegen ... kaum einer konnte sich in der Fastenzeit noch Fisch leisten!"

Auf einmal hörten sie einen heiseren Ruf aus dem Krähennest: „Segel achteraus. Schiff nähert sich."

Die Jungen sahen nach hinten. Dort fuhr keine große, bauchige Handelskogge, sondern eine kleine und wendige Schnigge, die rasch aufholte.

Marten wurde fast so bleich wie Johann.

„Um Himmels willen", murmelte er.

Auch der Schiffer Holtmann hatte den Ernst der Lage erkannt. Der erfahrene Kapitän wusste, dass die Verfolger keine friedlichen Absichten hatten. Er gab einen kurzen Befehl und mit einem Mal war jeder an Bord auf den Beinen. Die Bootsleute griffen sich Hellebarden, Schwerter und Äxte.

„Am helllichten Tag! Die Piraten müssen sich ja sehr sicher fühlen", schimpfte Marten.

Hinrich Brockhusen machte den Jungen Zeichen, in Deckung zu gehen. Marten und Johann kauerten sich rasch hinter das Beiboot, das auf dem Deck festgezurrt war. Keinen Moment zu früh, denn mit einem dumpfen Laut schlug ein Armbrustbolzen im Mast ein.

Die Schnigge war jetzt bedrohlich nahe gekommen. Als Marten einmal kurz den Kopf hob, konnte er schon die grimmig entschlossenen Gesichter der Angreifer erkennen.

„Es sind nur sieben oder acht Mann. Gut möglich, dass wir sie zurückschlagen können!", rief er Johann atemlos zu.

Johann hockte mit angezogenen Knien halb unter dem Rumpf des Beibootes. Vor Aufregung und Angst glühten seinen Wangen.

„Ich glaube, unsere Feinde sind nicht nur drüben auf dem anderen Schiff. Ein Feind ist schon hier an Bord", presste er leise hervor.

Was hat Johann beobachtet?

Der Schädel des Piraten

„Verflucht!" Marten überlegte fieberhaft, wie er seinem Vater helfen könnte. Anscheinend hatte außer ihnen noch niemand an Bord die schlimme Lage bemerkt. Da änderte die Kogge auf den Wink des Schiffers hin abrupt den Kurs. Gleich darauf knallte es ohrenbetäubend und Qualm hüllte das Deck ein.

Hinrich Brockhusen nutzte Wiemkes kurze Verunsicherung und konnte sich aus dessen Griff lösen. Schnell schlug er den Friesen mit einem gezielten Schlag das Messer aus der Hand.

„Respekt, Schiffer. Ihr versteht Euer Handwerk!", rief Brockhusen, ohne dabei den Friesen aus den Augen zu lassen. „Den Seeräubern habt Ihr es ordentlich gegeben!"

Schiffer Holtmann tätschelte sein kleines Geschütz, das immer noch rauchte. „Diese Kanone hat mir schon aus mancher Verlegenheit geholfen", verkündete er stolz.

„Der Schuss hat das Segel der Angreifer völlig zerfetzt. Die Schnigge kann uns jetzt nicht weiter verfolgen." Brockhusen packte Wiemke am Kragen.

„Waren die Piraten eben deine Komplizen?", wollte er wissen.

Hisko blickte stumm zur Seite.

„Du schweigst? Ist vielleicht auch besser so ...", murmelte Hinrich. „Bewacht mir diesen Verbrecher gut!", befahl er zwei Matrosen und wandte sich Schiffer Holtmann zu.

Langsam kehrte wieder Ruhe auf der Kogge ein. Zum Glück gab es keine Verletzten an Bord und Johann hatte seine Seekrankheit in der Aufregung fast vergessen.

Marten aber grübelte vor sich hin: „Worum ging es bei Hiskos Streit mit meinem Vater? Kennen sich die beiden?"

„Misch dich nicht ein, Marten. Der Kerl ist gefährlich", riet ihm Johann.

Aber Marten ließ die Sache nicht los. Hisko saß an die Bordwand gelehnt und hatte die Augen geschlossen. Zwei bewaffnete Bootsmänner passten auf, dass er keine Dummheiten machen konnte.

Marten raffte seinen Mut zusammen, stellte sich vor Wiemke hin und fragte ihn auf den Kopf zu: „Seid Ihr wirklich ein alter Bekannter meines Vaters?"

„Einst waren wir Gottes Freunde und aller Welt Feind", sagte Hisko leise, ohne den Blick zu heben. Dann tat er wieder so, als ob er schliefe. Marten sah zu Johann und zuckte mit den Achseln. Wiemkes Spruch kam ihm bekannt vor. Wo hatte er den bloß schon mal gehört?

Gegen Abend flaute der Wind ab. Der immer dichter werdende Nebel trieb Hinrich Brockhusen die Sorgenfalten auf die Stirn. Die Elbe besaß an einigen Stellen nur ein enges Fahrwasser und die Gefahr, bei Ebbe auf einer Sandbank zu stranden, wuchs von Minute zu Minute.

Marten stand neben seinem Vater auf dem Achterkastell, wo der Kaufmann nachdenklich in den weißen Dunst sah.

„Meinst du, wir erreichen heute Abend noch Hamburg?", fragte Marten ihn.

„Möglich. Vielleicht auch nicht. Man kann ja nicht einmal mehr genau sagen, wo wir uns eigentlich befinden. Das Ufer ist kaum noch zu erkennen ...", antwortete Hinrich.

„Was ist eigentlich mit unserem Gefangenen?"

„Was soll mit ihm sein?", grollte Brockhusen. „Der wird seine gerechte Strafe schon bekommen, wenn wir erst im Hafen sind."

„Nein, ich meine, ob du ihn kennst. Und weshalb habt ihr euch gestritten?"

„Ich habe diesen Mann nie zuvor gesehen. Glaubst du etwa, ich würde mich in solche Gesellschaft begeben?", sagte Brockhusen barsch. „Und nun lass mich in Ruhe, ich habe mit dem Schiffer wichtige Entscheidungen zu treffen, damit die Kogge sicher ankommt!"

„Und? Was sagt er?", fragte Johann neugierig, als Marten zu ihm zurückkehrte.

„Nichts", brummte er verärgert. „Er behauptet, Hisko nicht zu kennen ..."

„Dann ist das bestimmt auch so", meinte Johann.

Marten starrte hinaus in den Nebel, der die Kogge nun vollständig umhüllte. Es war merkwürdig leise an Bord. So, als ob jeder versuchte, den Kurs zu erlauschen, nun da die Augen die Fahrrinne kaum mehr ausmachen konnten. Nur die regelmäßigen Rufe des Matrosen, der die Wassertiefe auslotete, unterbrachen die Stille.

Was dann geschah, bekamen Marten und Johann so schnell kaum mit. Hisko sprang plötzlich auf, und bevor seine schläfrigen Bewacher reagieren konnten, schlug er den Rudergänger nieder, ergriff den Ruderstock und riss ihn herum. Der Rumpf der Kogge bohrte sich fast im selben Augenblick in den Grund am Ufer. Durch den Aufprall wurden einige Leute an Deck umgerissen. Diese Verwirrung nutzte Hisko: Er griff sich Brockhusens Tasche und sprang mit einem kühnen Satz über die Reling ins Wasser. Marten sah nur noch, wie der Friese an Land watete und im Nebel verschwand. Brockhusen sprang ihm mit einem Schwert bewaffnet über die Bordwand nach.

„Ihr bleibt da!", rief er den Jungen über die Schulter zu. „Holtmann, lasst den Anker werfen!" Im Nu war auch der Kaufmann von den weißen Schwaden verschluckt. Ungläubig starrten die beiden Jungen zum dunstigen Uferstreifen hinüber. Im Schilf und hinter dem niedrigen Weidengebüsch war es totenstill.

Schiffer Holtmann brummte: „Das gefällt mir gar nicht. Das Wasser läuft ab. Bald liegen wir trocken. Bis zur nächsten Flut sitzen wir hier fest."

Marten machte sich andere Sorgen. „Hoffentlich ist

mein Vater vorsichtig. Das könnte eine gefährliche Falle für ihn werden. Meinst du ..."

Die beiden Jungen sahen sich an und mussten nicht lange überlegen. Sie würden Martens Vater helfen. Mit einem Satz sprangen auch sie über Bord. Zum Glück war das Wasser zur Uferseite hin nur noch knietief. Mit schmatzenden Schritten wateten sie durch den Schlick auf das feste Land und hörten den Schiffer schon nicht mehr, der hinter ihnen herschimpfte. Bald war die Kogge vom Nebel verschluckt. Vorsichtig folgten die Jungen der Spur undeutlicher Fußabdrücke im Morast. Die Fährte führte auf eine sumpfige Wiese, wo sie sich zwischen Binsen und Brennnesseln verlor.

„Wohin jetzt?", fragte Johann.

Marten sah sich nachdenklich um. Es begann zu dämmern. Doch ein leichter Windzug riss für einen kurzen Moment eine Lücke in den Nebel.

„Dahinten. Ich habe dort Schatten gesehen", wies Marten die Richtung. Doch was Marten aus der Entfernung für Bäume oder Schiffsmasten gehalten hatte, erwies sich beim Näherkommen als ein Wald aus hohen Pfählen.

„Was ist denn d...", begann Johann, bevor seine Stimme vor Angst versagte. Er starrte hinauf zur

Spitze der Pfähle und betrachtete mit schreckgeweiteten Augen, was dort mit großen eisernen Bolzen angenagelt war.

„Schädel! Das sind menschliche Schädel!", japste er tonlos.

Auch Marten schluckte beklommen und sah zu den bleichen Knochen auf.

„Lass uns hier verschwinden!", forderte Johann eindringlich.

„Moment – sei mal still!", zischte Marten.

Die Jungen konnten leise Stimmen vernehmen. Auch, wenn sie lieber weggerannt wären, versteckten sie sich rasch hinter einem Weidenbusch. Langsam tauchten zwei Gestalten aus dem Nebeldunst auf. Voran ging Hisko Wiemke mit erhobenen Händen. Ihm folgte Hinrich Brockhusen, das Schwert auf den Vordermann gerichtet. Die Umhängetasche trug er nun wieder selbst über der Schulter.

„... und glaube nur nicht, du hättest deine Ruhe, wenn ich erledigt bin, Hinrich!", sagte Hisko gerade. „Ich bin nicht der Einzige, der von dem Schatz weiß."

„Vergiss den Schatz, sage ich!", fauchte Brockhusen. Er wies auf einen Schädel auf einem besonders hohen Pfahl. „Sieh ihn dir an, Hisko. Schau, was von Klaus Störtebeker übrig ist, dem großen starken Anführer der Vitalienbrüder. Was nützen ihm jetzt die gesamten geraubten Reichtümer? Kann er sich in der Hölle, in der er bis zum Jüngsten Tage für seine Untaten schmoren muss, dafür irgendetwas kaufen? An dem Schatz klebte Blut, Hisko. Zu viel Blut. Und darum habe ich ..."

„Hatschi!" Johann musste unvermittelt niesen.

Brockhusen sah sich um und diesen kurzen Augenblick nutzte Wiemke, um erneut mit großen Sprüngen in den Nebel zu entkommen. Der Kaufmann ließ das Schwert sinken, als die beiden Jungen aus dem Gebüsch krochen.

„Jetzt ist er wieder entwischt! Was macht ihr hier? Warum seid ihr nicht auf dem Schiff?", schnaubte Brockhusen.

„Ich...wir...dachten, du bräuchtest Hilfe", stammelte Marten. Die beiden Jungen sahen so verängstigt und schuldbewusst aus, dass Hinrichs Zorn verrauchte.

„Was war das für ein unheimlicher Ort?", fragte Johann auf dem Rückweg zum Schiff schüchtern.

„Jedenfalls kein Ort für Kinder. Ich war zwar noch nie

dort, aber das wird der Grasbrook sein, der Richtplatz vor Hamburgs Mauern. Und die Schädel auf den Pfählen sind die Köpfe von Verbrechern und Piraten. Sie werden zur Warnung und Mahnung der Lebenden vor der Hafeneinfahrt aufgestellt", erklärte Hinrich.

Sie erreichten die Kogge im letzten Licht des Tages. Der Schiffer hatte bereits eine Segelplane über dem Deck ausbreiten lassen zum Schutz vor der Witterung. Sie alle würden die Nacht an Bord verbringen müssen, da das Einlaufen in den Hafen bei Dunkelheit zu gefährlich wäre.

„Warum bist du so still geworden, Marten? Dein Vater hat die Tasche doch wieder zurückbekommen", fragte Johann seinen Vetter vor dem Einschlafen leise.

„Hast du denn nicht gehört, was mein Vater sagte?", grübelte Marten. „Das war nicht die Wahrheit. Er muss doch tiefer in die Sache verstrickt sein, als wir dachten."

Warum weiß Marten, dass sein Vater nicht die Wahrheit sagt?

Ein Dieb im Badehaus

Steif und durchgefroren schälten sich Marten und Johann am nächsten Morgen aus ihren klammen Decken. Der Nebel schmolz rasch in der aufgehenden Sonne und vom Liegeplatz des Schiffes aus konnte man schon die Türme Hamburgs sehen. Die Kogge hatte wieder Wasser unterm Kiel und der Schiffer gab Befehl, den Anker zu lichten. Langsam glitten sie an der kleinen Elbinsel Grasbrook vorüber und schon bald war der Hafen erreicht.

Während Brockhusen und der Schiffer mit dem Hafenmeister über das Hafengeld, die Wiegegebühren, den Zoll und die Löhne für die Packer und Hafenarbeiter verhandelten, gab es für die Schiffsbesatzung und die Jungen lauwarmen Gerstenbrei mit Speckstückchen zum Frühstück. Johann aß mit großem Appetit zwei Portionen – alle Übelkeit war auf einmal wie weggeblasen. Marten dagegen rührte mit seinem Holzlöffel lustlos in der Mahlzeit herum. Eigentlich war er ganz froh, als sein Vater ihn und Johann rief, um beim Entladen des Schiffes zu helfen.

Schon am späten Nachmittag war die Ladung gelöscht. Brockhusen hatte einen satten Gewinn beim Verkauf der Waren erzielt und war wegen der guten Geschäfte bester Laune. Überraschend lud er Schiffer Holtmann und die Jungen zu einem Besuch im Badehaus ein.

„Dabei habe ich doch erst kurz vor Ostern gebadet", brummte Johann, der heißem Wasser nichts abgewinnen konnte. Doch seinen von der Arbeit schmerzenden Armen und dem Rücken würde ein Wannenbad guttun, das wusste er.

Die Badestube war in einem großen Gebäude untergebracht. Im Vorraum machte Marten Johann auf einen Mann aufmerksam, der mit wehleidiger Miene auf einem Hocker saß. Daneben breitete der Bader einige gefährlich aussehende Instrumente auf einem Tisch aus.

„Der Arme! Sieht aus, als ob er vom Zahnwurm geplagt wird. Der Bader wird ihm bestimmt gleich den Zahn reißen. Willst du zusehen?"

Doch Johann schüttelte den Kopf. Dieses Schauspiel hatte er schon oft genug auf dem Markt in Köln beobachtet.

Ein Knecht begleitete Brockhusen, den Schiffer und die Jungen in die Ausziehstube. Dort entkleideten sie sich und wickelten sich ein sauberes weißes Lendentuch um die Hüften. Die Gewandhüterin würde sich um ihre Kleider kümmern, sie ausbürsten und reinigen, solange sie im Bad wären.

„Ich gehe erst einmal zum Scherer hier im Haus. Mit meinen langen Haaren und dem Stoppelbart kann ich mich in der Stadt doch nicht sehen lassen", lachte Hinrich Brockhusen und war auch schon verschwunden.

„Möchte sich jemand schröpfen lassen? Oder braucht wer einen Aderlass?", fragte der Knecht.

Als der Schiffer und die Jungen verneinten, öffnete der Knecht die Tür zum Badesaal. Heiße, mit Wasserdampf gesättigte Luft schlug ihnen entgegen. Es herrschte lebhafter Betrieb. Links und rechts eines mit Ziegelsteinen gepflasterten Mittelgangs standen lange Reihen von großen Holzzubern. Die meisten waren besetzt und die Badegäste, Männer und Frauen bunt gemischt, unterhielten sich angeregt. Knechte und Mägde eilten mit Eimern hin und her, um für Nachschub an warmem Wasser zu sorgen. Andere trugen schwer beladene Tabletts, um den Badenden Bier, Brot und Käse zu servieren.

Mit wohligem Seufzen ließ sich Marten in eine große Holzwanne gleiten. Johann stieg hinterher.

„Au! Heiß!", klagte er, doch Augenblicke später saß er zufrieden und mit rosigem Gesicht bis zum Hals im nach Kräutern duftenden Badewasser. Er spürte, wie sich jeder Muskel seines Körpers in der behaglichen Wärme entspannte. Marten blinzelte hinüber zu Schiffer Holtmann, dem ein Brett quer über den Zuber gelegt wurde. Eine hübsche Magd stellte einen großen Humpen Bier und Speisen darauf ab. Wenig später hatten auch die Jungen Getränke und frisch gebackenes Brot vor sich stehen.

Das Bier löste schon bald die Zunge des Schiffers und er begann, den Überfall auf der Elbe noch einmal in den schillerndsten Tönen zu schildern. Das halbe Badehaus hörte gebannt zu. Ein Weinhändler aus Augsburg, der sich auf der Durchreise befand, unterbrach ihn: „Das ist ja fast so, als wären die Vitalienbrüder zurückgekehrt." Johann nahm all seinen Mut zusammen und fragte: „Diese Vitalienbrüder – was sind das für Leute?"

Der Schiffer holte tief Luft. „Das ist eine längere Geschichte. Du willst sie von Anfang an erzählt bekommen? Dann hör gut zu. Es ist bald zwanzig Jahre her, da gerieten die Dänen und die Mecklenburger in einen Zwist, wem wohl Schweden gehören möge. Es fehlte an Soldaten und Kriegsschiffen, darum wurden Kaperbriefe ausgeteilt. Diese erlaubten den Kapitänen, die Schiffe der Gegner zu kapern."

„Das ist doch Seeräuberei!", empörte sich Johann.

„Nicht, solange man einen Kaperbrief hat und nur den Kriegsgegner schädigt!" Holtmann erhob den Zeigefinger. „Jedenfalls war diese Art der Kriegsführung für die Mecklenburger Städte Wismar und Rostock ein lohnendes Geschäft, denn dort verkauften die Kaperfahrer günstig ihre Beute. Im Winter 1394 aber hatten die Dänen fast ganz Schweden in ihrer

Hand, nur Stockholm stand noch zu Mecklenburg. Die Stadt war von Truppen eingeschlossen und die Bewohner hungerten. Da kam eine Flotte von Kaperfahrern aus Wismar, voll beladen mit Viktualien ..."

„Womit?", flüsterte Johann.

„Das sind Lebensmittel", antwortete Marten.

„... durchbrach die Sperren, die die Dänen errichtet hatten, und retteten die Stockholmer vor dem Hungertod", fuhr Holtmann fort. „Und seither nannte man die Kaperfahrer auch einfach Vitalienbrüder oder Vitalier. Bald darauf wurde ein Frieden vermittelt, doch die Vitalier hatten Gefallen an der Räuberei gefunden und dachten gar nicht daran, damit aufzuhören. Sie setzten sich auf der Insel Gotland fest und beraubten jedes Schiff, das vorbeifuhr. Bald traute sich kein Handelsfahrer mehr aus dem Hafen. Erst als sich die Hansestädte mit den Rittern vom Deutschen Orden zusammentaten, konnten sie aus der Ostsee vertrieben werden."

Der Schiffer nahm einige tiefe Schlucke vom Bier. Dann knallte er den leeren Humpen auf das Brett und wischte sich mit dem Handrücken den Mund.

„Stellt euch vor: Diese Halunken nannten sich *Gottes Freunde und aller Welt Feind*! Hat man so was schon gehört? Noch ein Bier, schöne Magd!"

Marten und Johann starrten sich an, während der Becher des Schiffers neu befüllt wurde.

„Dieser Klaus Störtebeker war der übelste der Vitalier. Er und Godeke Michels waren die Anführer. Aber Störtebeker haben die Hansen vor Helgoland geschnappt und Michels in Friesland und beide wurden hier in Hamburg auf dem Grasbrook einen Kopf kürzer gemacht." Schiffer Holtmann lachte dröhnend.

„Lasst es gut sein mit dem Gerede über Seeräuber, Schiffer Holtmann", unterbrach ihn eine bekannte Stimme. Hinrich Brockhusen, frisch rasiert und mit gekürztem Haar, legte dem Seemann eine Hand auf die Schulter. „Überlasst Ihr mir die Wanne? Ich glaube, das Wasser und das viele Bier haben Euch zu sehr erhitzt. Wie wäre es, wenn Ihr Euch im Ruheraum etwas erholt, bester Freund?"

Der Ton in Brockhusens Stimme duldete keinen Widerspruch. Nachdem der Schiffer gegangen war und der Kaufmann seinen Platz eingenommen hatte, nahmen die Badegäste ihre Gespräche wieder auf. Brockhusen jedoch saß schweigend in seinem Zuber und starrte finster vor sich hin. Marten und Johann wagten nicht, ihn anzusprechen.

Plötzlich drang lautes Geschrei aus der Ausziehstube.

„Ein Dieb! Ein Dieb!", hörte man die Gewandhüterin kreischen. Die Badenden sprangen alle auf, einige rissen ihre Becher und Schüsseln um. Wasser spritzte auf den Boden. Marten und Johann stürmten voran in die Ausziehstube. Dort saß die Gewandhüterin mit zerzaustem Haar in einem Haufen durcheinandergeworfener Kleider. Mit schreckstarren Augen wies sie zum Ausgang: „Die Tasche! Er hat die Tasche von Meister Brockhusen gestohlen!"

Die Jungen rannten auf die Gasse hinaus, obwohl

sie sich nur notdürftig mit nassen Hüfttüchern bedeckt hatten. Rasch blickten sie sich um.

„Da ist er! Komm, Johann!", rief Marten.

Wo ist der Dieb mit der Tasche?

Ein neuer Untermieter

Die Jungen folgten dem Dieb durch mehrere Gassen und Straßen, verloren ihn aber schließlich doch aus den Augen.

„Hast du den Räuber erkannt?", keuchte Marten.

„Nein", sagte Johann nach Luft schnappend, „glaubst du, dass es Hisko war?"

Ihre bloßen Füße brannten vom schnellen Rennen auf den harten Pflastersteinen. Die Passanten bedachten sie mit spöttischen oder empörten Blicken, als sie halb nackt und frierend zurück zum Badehaus gingen.

„Schau mal!" Johann stupste Marten an. Die gesuchte Tasche lag achtlos weggeworfen in einer dunklen Toreinfahrt.

„Da ist sogar noch etwas drin!", wunderte sich Johann, und als sie Brockhusen die Tasche nach der Rückkehr ins Badehaus zeigten und er den Inhalt überprüfte, stellte er fest, dass nichts fehlte. Nicht einmal der kleine Geldbeutel darin war verschwunden. Selbst die Münzen befanden sich noch an ihrem Platz. Doch statt sich darüber zu freuen, machte Hinrich Brockhusen ein sorgenvolles Gesicht.

„Dann hat der Dieb etwas anderes gesucht", murmelte er leise. „Morgen in aller Frühe reisen wir heim nach Lübeck!", rief er entschlossen Marten und Johann zu. Eigentlich hatten sie vorgehabt, mit Holtmanns Kogge und einer Ladung Hamburger Bier über das Skagerrak in die Ostsee zu fahren. Dort sollte das Bier in Schonen verkauft und dann eine Ladung Heringe für Lübeck aufgenommen werden. Marten sah seinen Vater verwundert an. Es war ganz und gar nicht dessen Art, ein gutes Geschäft sausen zu lassen. Irgendetwas stimmte hier nicht.

Am nächsten Tag saßen Brockhusen, Marten und Johann schon im Morgengrauen auf einem Pferdefuhrwerk. Rumpelnd bewegte sich das Gespann durch das gerade geöffnete Tor in der Hamburger Stadtmauer. Es war ein trüber Tag und aus den schweren grauen Wolken fielen immer mehr Regentropfen. Die Jungen verkrochen sich fröstelnd unter einer Plane, während Brockhusen vorne beim Kutscher ausharrte. Er trieb den Fuhrmann zu größter Eile an. Das Gefährt krachte durch die Schlaglöcher, pflügte durch den Schlamm der schlechten Straßen und ließ dabei das Wasser aus den Pfützen spritzen. Die kräftigen Pferde schnaubten und gaben ihr Bestes. Immer, wenn sie aufgehalten wurden, um Wege- oder Brückenzoll zu entrichten, fluchte Kaufmann Brockhusen und seine Augen blitzten vor zorniger Ungeduld.

Die Jungen hatten bei der rasanten Fahrt Mühe sich festzuhalten und die Stöße der harten Holzbank abzumildern. Johann jammerte die ganze Zeit: „Ich wette, dass mein Hintern morgen blauer ist als deiner!"

Erst gegen Abend klarte der Himmel ein wenig auf und mit einem Mal lag Lübeck vor ihnen. Die untergehende Sonne hatte sich durch die Wolken gekämpft und ließ die grünspanbedeckten Kupferdächer und Turmhauben der mächtigen Kirchen wie Türkise leuchten. Johann stieß einen bewundernden Pfiff aus. Auch Marten schlug beim Anblick seiner Heimatstadt das Herz höher.

Scheppernd rollte das Pferdefuhrwerk über die

Holstenbrücke, die sich über den Fluss Trave spannte. Marten zeigte nach links, wo sich im Hafen ein Schiff an das andere drängte. Dann schluckte sie das Stadttor und sie tauchten ein in das Gewirr der Gassen und das abendliche Treiben einer geschäftigen Handelsstadt. Johann staunte über die vielen Läden und Handwerksbetriebe, die Kleinhändler auf den Straßen und die gewaltigen Backsteinfassaden der Kirchen, bis der verführerische Duft aus den Bäckereien seinem Bauch ein tiefes Grollen entlockte, das sogar das Geklapper der Hufe übertönte.

Marten lachte: „Halt noch ein wenig aus, Johann, da vorne ist dein neues Zuhause."

Sie hielten vor einem stattlichen Kaufmannshaus. Die Giebelfront wirkte schmal, ragte jedoch vier Stockwerke in die Höhe. Als die Jungen ächzend vom Fuhrwerk kletterten und sich den schmerzenden Po rieben, stürmte ein Mädchen mit langen braunen Haaren aus dem Eingang.

„Papa! Marten! Ihr seid schon zurück!" Martens kleine Schwester Magda fiel dem Vater um den Hals.

Der Ruf hatte auch Kathrin Brockhusen, Hinrichs Frau, zur Tür gelockt. Sie lächelte, doch in ihre Wiedersehensfreude mischte sich auch Besorgnis: „Wir haben euch erst in einigen Wochen zurückerwartet. Ist etwas geschehen? Geht es euch gut?", fragte sie mit ängstlicher Miene.

„Nein, nein, alles in Ordnung", wiegelte Hinrich ab. „Hier steht alles zum Besten? Welch ein Glück!" Er umarmte seine Frau und seine Tochter innig, bevor er dem Kutscher Lohn und ein sattes Trinkgeld auszahlte.

Jetzt erst schienen sie auch Johann zu bemerken. Kathrin nahm ihn gleich in den Arm, als wäre er ihr eigener Sohn, und fragte ihn über Köln und das Wohlergehen seiner Mutter, ihrer Schwester, aus.

„Du also bist Johann", beäugte ihn Magda. Er konnte nur grinsen, als ihn das hübsche Mädchen mit den großen blauen Augen ansprach. Denn nach Martens Beschreibungen hatte er sich seine Cousine als kleinen kratzbürstigen Drachen vorgestellt.

Sie wandte sich an Marten: „Vielleicht sollten wir unserem neuen Lehrling erst einmal das Haus zeigen, bevor es zu dunkel ist." Marten nickte und die drei Kinder stürmten hinein.

Gleich beim Eingang war die Schreibstube, das Kontor. Der Schreiber Sievert Vogelsank hockte an einem Schrägpult am Fenster und bedachte die Kinder mit einem missmutigen Blick. Sie hatten ihn bei einer komplizierten Berechnung gestört.

Der Flur führte zur geräumigen Diele, in der zwei

Mägde am großen Kamin mit der Zubereitung des Abendessens beschäftigt waren. Über eine Wendeltreppe ging es hinauf auf die Speicherböden. Hier waren allerlei Waren verstaut und warteten auf den Weiterverkauf. „Hier oben ist ja viel Qualm. Brennt es irgendwo?", fragte Johann besorgt.

„Das ist der Rauch aus dem Kamin. Damit wird das Getreide, das wir hier oben lagern, gebeizt. Das soll das Ungeziefer vertreiben", beruhigte ihn Marten.

„Mich vertreibt es auch!", hustete Magda.

Also gingen sie wieder hinunter und Magda zeigte Johann den hinteren Anbau, in dem die Familie wohnte: das Kaminzimmer, das Schlafgemach der Eltern, die kleine Kammer der Kinder und die einfachen Räume unterm Dach, in denen Knechte und Mägde ihre Schlafplätze hatten. Im Keller des Wohntrakts war noch ein finsterer und muffig riechender Raum, der leer stand.

„Ist das euer Ziegenstall?", wollte Johann wissen.

Die Brockhusen-Kinder lachten. „Dieses Zimmer vermieten wir an arme Leute, die sich nichts Besseres leisten können. Wohnraum ist knapp in Lübeck!"

Als die Kinder in die Diele zurückkamen, wurde gerade das Essen aufgetischt. Ein weiterer Gast saß bereits am Tisch. Es war Arnd Holste, Kaplan im Heiligen-Geist-Hospital und ein alter Freund der Familie. Man schwatzte, aß und tauschte sich über die Reise und die Geschäfte aus, aber die Begegnung mit Hisko Wiemcke erwähnte Hinrich mit keinem Wort.

Nach einigen Gläsern Wein wurde die Stimmung der Erwachsenen ausgelassen. Marten, Johann und Magda labten sich am Dünnbier, dem Weizenbrot und der Suppe aus Stockfisch, Lauch und Karotten, als die Magd die Runde unterbrach und einen Besucher ankündigte.

„Ach, das wird der Pilger sein! Ein neuer Untermieter für das Kellerzimmer. Er hat sich heute Vormittag vorgestellt", sagte Kathrin.

„Ein Pilger?", fragte Hinrich verwundert.

In der Tür erschien ein großer schmaler Mann in einem zerschlissenen Mantel. In einer Hand hielt er einen knorrigen Wanderstab, in der anderen den Hut mit Jakobsmuschel, dem Zeichen der Pilgernden. Mit leiser Stimme entschuldigte er höflich die Störung.

Kathrin übergab dem Mann den Schlüssel und lud ihn zum Abendessen ein. Mit freundlichem Gruß lehnte der Pilger ab und ging in sein neues Heim.

„Führt den gottesfürchtigen Mann nicht unnötig in Versuchung! Wer weiß, welches Gelübde er abgelegt hat?", prostete der Kaplan Brockhusen zu.

Doch Magda raunte ihrem Bruder und Johann zu: „Diesen neuen Untermieter finde ich merkwürdig. Ist euch denn nichts aufgefallen?"

Was macht Magda misstrauisch?

Der falsche Schiffer

„Und das hast du ganz sicher erkannt? Auch Waffen?", fragte Johann.

Magda nickte ernst.

Marten dachte einen Moment nach, dann meinte er zu Johann: „Wir sollten ihr alles erzählen." Und dann berichteten die beiden dem Mädchen vom Überfall auf der Elbe, dem Angriff Hisko Wiemkes, dem belauschten Gespräch auf dem Grasbrook und dem Diebstahl der Tasche im Badehaus.

„Und wenn das Gespräch auf die Vitalienbrüder kommt, will Vater sofort das Thema wechseln", schloss Marten.

Magda hatte schweigend zugehört und überlegte. „Könnte es sein, dass der Mann nur vorgibt, ein Pilger zu sein, und mit in diese merkwürdige Sache verstrickt ist? Aber wie ein Pirat sah er eigentlich nicht aus: eher wie ein ... Ritter."

„Ein Ritter?", rief Marten. „Der könnte sich doch was Gemütlicheres leisten als unser Kellerloch!"

„Vielleicht ist es ja auch nur ein Zufall. Jedenfalls sollten wir ihn im Auge behalten", sagte Johann.

„Jetzt lasst uns erst mal ein wenig schlafen – morgen überlegen wir uns einen Plan, wie wir ein wenig Licht ins Dunkel bringen können." Magda gähnte herzhaft und streckte sich. „Meine kleine Schwester übernimmt wie immer das Kommando!", lachte Marten und zeigte Johann, wo er sich hinlegen konnte.

Früh am nächsten Morgen kehrte wieder Leben in das Kaufmannshaus ein. Als die Jungen hinunterkamen, hatten die Mägde schon das Feuer im Kamin geschürt. Die Knechte begannen, schwere Säcke voll Hopfen mit dem Windenrad vom Speicherboden in die Diele abzuseilen, wo sie gestapelt und zum Verkauf bereitgelegt wurden. Die Kinder schlangen derweil rasch die Hirsegrütze hinunter, die es zum Frühstück gab.

Hinrich saß mit seinem Schreiber Sievert bereits im Kontor und ging die Geschäftsbücher durch. Er gab den Jungen für den Vormittag frei.

„Zeige Johann die Stadt, damit er sich später bei den Botengängen, die er für mich zu erledigen hat, nicht verläuft", forderte der Kaufmann Marten auf. Die Jungen beeilten sich hinauszukommen. Unter dem Vorwand, auf dem Markt frischen Fisch einzukaufen, drückte sich Magda vor der Hausarbeit und schloss sich Marten und Johann an.

Die Kinder erreichten bald den Marktplatz im Zentrum der Stadt. Im Schatten der Marienkirche herrschte schon am Morgen dichtes Gedränge, denn es war Markttag. Der ganze Platz war mit Verkaufsständen belegt, an denen man alles kaufen konnte, was das Herz begehrte. Johann wusste gar nicht, wohin er zuerst schauen sollte. Sein Blick glitt über Stapel von Tontöpfen, Gläser, Messer, geflochtene Körbe, farbige Hüte und Tuche und unzählige Nahrungsmittel für jeden Geschmack und Geldbeutel. Rund um den Marktplatz herum standen feste Buden, in denen Goldschmiede, Schuster, Filzer, Sattler, Geldwechsler und Waffenhandwerker ihre Arbeit feilboten. Magda blieb an einem Tisch mit bunten Knöpfen stehen und die Jungen bewunderten die prächtigen Schnallen und Gürtel. Ein paar Stände weiter wurden exotische Gewürze verkauft, die sich nur die reicheren Bürger leisten konnten.

An einer Garküche blubberte verführerisch riechender Eintopf in einem großen Kessel über dem Feuer. Am Kaak, dem Pranger, stand ein Tuchverkäufer, der mit falscher Elle gemessen hatte. Freche Kinder bewarfen ihn mit Dreckklumpen und sangen Spottlieder.

„Geschieht ihm recht", grummelte Magda. Dann erinnerte Marten sie an den Fisch. Als das Mädchen gerade vier stattliche Dorsche bezahlte, sah sie in einiger Entfernung den Pilger an einem Marktstand vorbeilaufen.

„Los, folgen wir ihm!"

Heimlich stellten die Kinder dem Mann nach. Schnell ging der Pilger an der Marienkirche vorbei, um sich dann nach links zu wenden.

„Er will zum Hafen hinunter", rief Marten. An etlichen Wirtshäusern vorbei, eilte der Mann zum kleinen Hafentor.

Johann und Marten versuchten, den Pilger nicht aus den Augen zu verlieren, Magda aber blieb zurück.

„Wo bleibst du denn?", schimpfte Marten, als sie die Jungen endlich keuchend einholte.

„Trag du doch den blöden Fisch!", keifte Magda zurück.

Vor dem Tor sahen sich die Kinder um. Sie konnten den Pilger zwischen all den Packern, Fuhrmännern, Kaiarbeitern, Kränen und aufgestapelten Fässern, Kisten und Ballen nicht mehr entdecken.

„So ein Mist!" Magda stampfte mit dem Fuß auf. „Das war so eine gute Gelegenheit, mehr über unseren geheimnisvollen Untermieter herauszubekommen!" Johann und Marten setzten sich enttäuscht auf abgestellte Holzfässer und blickten trübsinnig auf die vielen Segler, Kähne und Boote, die im Wasser dümpelten. Nachdem die erste Wut verraucht war, deutete Johann auf eine Kogge, die gerade entladen wurde. „Wie viel Last trägt die?"

„100 Last, mehr oder weniger", antwortete Marten prompt. „Und der Ewer, der gerade die Trave heraufkommt, ist kleiner, den kann man mit 50 Last beladen."

„Du kennst dich wirklich aus." Johann wiegte anerkennend den Kopf.

Magda verdrehte die Augen. „Jungs und Schiffe!", seufzte sie und man sah ihrem Gesicht an, dass sie Marten für einen Angeber hielt. „Lasst uns lieber weiter nach dem Pilger Ausschau halten. Vielleicht ist ja heute unser Glückstag."

Die Kinder blickten in Richtung Holstenbrücke, auf der viele Leute in die Stadt drängten. Das Landvolk war schwer beladen mit Obst und Gemüse für den Markt, man hörte Vieh blöken und Ziegen meckern und ein Fuhrmann schimpfte über seine störrischen Ochsen.

Hinter der Brücke lagen Reihen von eigentümlichen Booten am befestigten Flussufer. „Das sind die Salzprahme, die uns das Lüneburger Salz in die Stadt bringen", durfte diesmal Magda erklären. „In dem Salz werden Heringe eingelegt und damit bleibt der

Fisch haltbar. Sonst würde alles verderben, bevor es bei den Käufern ist."

„Das weiß Johann doch längst!", ärgerte Marten sie.

„Marten Brockhusen, du neunmalkluger Schlaumeier!", fauchte das Mädchen. Johann musste lachen.

Auf einmal wurden sie von einem Mann mit dunklem Vollbart und kurzem Stoppelhaar angesprochen.

„Hörte ich eben den Namen Brockhusen? Ich bin der Schiffer Hermen Swartekop und gerade mit dem Ewer dort aus Danzig gekommen." Er wies auf ein Schiff mit braunen Segeln. „Ich kenne niemanden hier in der Stadt, aber vom Kaufmann Hinrich Brockhusen habe ich nur Gutes gehört. Mit ihm würde ich gerne Geschäfte machen. Die allerbesten Waren habe ich geladen." Er wedelte mit seinem Frachtbrief herum. „Und es wäre bestimmt zu unser beider Gewinn!", setzte er leise hinzu.

Solch ein Handel unter der Hand war eigentlich nicht erlaubt, das wusste Marten genau. Die Stadt Lübeck besaß das Stapelrecht, das hieß, dass jedes Schiff seine Fracht auszuladen hatte und den Bewohnern Lübecks drei Tage zum Kauf anbieten musste. Doch das kostete Zeit und Mühe, die manche Kaufmänner und Schiffer lieber umgehen wollten. Doch Marten verstand genug vom Handel, um hier einen Vorteil zu wittern.

Er beschrieb Swartekop den Weg zum Kaufmannshaus. Der Schiffer bedankte sich freundlich und machte sich zügig auf den Weg.

„Wenn dabei wirklich ein günstiges Geschäft für Vater herausspringt, wer weiß, vielleicht bekommen wir eine kleine Vermittlungsprämie?" Marten rieb sich die Hände.

„Und damit hast du dir eine erste Anzahlung für deinen eigenen Ewer verdient, wie?", kicherte Magda.

Plötzlich bückte Johann sich und hob ein Blatt Papier auf. „Oh, Schiffer Swartekop hat seine Frachtliste verloren." Er überflog die Aufstellung der Waren, dann stutzte er und sah noch einmal genauer hin.

Schließlich fragte er: „Marten, wie viel Last trägt der Ewer dort noch mal ...?"

		Frachtliste
6⅔	Last	Wachs
12	"	Eichenholz
7	"	Kiefernholz
10⅔	"	Roggen
12⅔	"	Wachs
8¾	"	Gerste
5	"	Teer
1½	"	Pech
½	"	Harz
7½	"	Flachs
3	"	Leinen
1	"	Hanf
8½	"	Kupfer
9	"	Waldasche
1½	"	Ziegenfelle
4	"	Schafswolle
2	"	Pelzwerk
⅛	"	Honig
+ Bernstein zu 6 Mark 3 Schillinge lübisch		

? *Was macht Johann stutzig?*

Vertrag ist Vertrag

„Das ist doch wirklich merkwürdig", sagte Marten, „entweder kann dieser Swartekop nicht rechnen oder ..."

„... oder da will uns jemand betrügen!", vollendete Magda den Satz.

Die Kinder beeilten sich, nach Hause zu kommen, um ihren Vater vor dem falschen Schiffer zu warnen.

„Und wir beschreiben ihm auch noch den Weg!", ärgerte sich Marten. Sie flitzten durch die Gassen, wurden aber immer wieder von Ochsenkarren aufgehalten oder mussten um die Stände von Straßenhändlern herumlaufen. Am Rathaus war es besonders voll. Eine riesige Menschenmenge hatte sich versammelt, um dem Gerichtstag beizuwohnen. Ein Fleischhändler musste sich vor Gericht verantworten, weil er angeblich verdorbene Ware verkauft haben soll und erboste Rufe nach harter Strafe hallten über die Köpfe. Die Büttel des Rates hatten Mühe, die aufgebrachten Zuhörer im Zaum zu halten. Marten, Johann und Magda versuchten, sich durch die Scharen zu zwängen, mussten dann aber doch einen Umweg nehmen.

Das Brockhusen-Haus lag scheinbar friedlich in der Vormittagssonne. Doch als die Kinder sich der Tür des Kontors näherten, erklang von drinnen ein erstickter Schrei. Magda wollte hineinstürmen, doch Marten hielt sie zurück: „Vorsicht! Wir müssen uns erst mal ein Bild der Lage machen!"

Vorsichtig und ganz langsam öffnete Marten die Tür einen winzigen Spaltbreit.

„... und du zeigst uns jetzt deinen Teil des Vertrages!", befahl Swartekop gerade, der noch vor kurzer Zeit so freundlich geklungen hatte.

„Ihr seid vollkommen verrückt! Der Vertrag ist ... abgelaufen. Da ist nichts mehr zu holen", stotterte Brockhusen, doch er klang dabei nicht sehr überzeugend.

„Den Vertrag raus! Sonst spürst du die Klinge ...!", drohte Swartekop und die Kinder hörten, wie ein Schwert aus der Scheide gezogen wurde.

„Steckt Ihr etwa mit dem Friesen Hisko unter einer Decke? Lasst Euch doch erklären, ich habe damals ... Au!", rief Hinrich. Man hörte ein Gerangel, ein Poltern und dann wurde es still.

Den Kindern stockte der Atem. „Wir müssen Hilfe holen! Wo ist Sievert? Und Mutter? Wo sind die Knechte?", flüsterte Magda in Panik.

In dem Moment vernahmen sie von drinnen eine dritte Stimme.

„Aha! Da hat der feine Herr Kaufmann also den Schlüssel. Habe ich also das ganze Haus umsonst danach abgesucht! Hisko nahm an, er steckte in der Tasche, die du andauernd mit dir herumschleppst. In einem Beutel um den Hals hast du den Schlüssel also getragen, da muss erst mal einer draufkommen!", höhnte die Stimme des Schreibers Sievert Vogelsank.

Marten, Magda und Johann erbleichten.

„Verräter!", keuchte Brockhusen.

„Wer ist hier der Verräter, Hinrich? Derjenige, der sich die Beute alleine unter den Nagel reißen will!", antwortete Sievert scharf.

„Magda, versuche, jemanden zu finden, aber schnell!", raunte Marten.

Das Mädchen eilte vorsichtig durchs Haus. Doch weder in der großen Diele, noch im Kaminzimmer oder im Schlafzimmer erblickte es eine Menschenseele. Auf den Speicherböden sah es aus, als hätten die Knechte während der Arbeit alles stehen und liegen gelassen. Wo steckten nur alle?

„Es ist wie verhext – keiner ist da. Nicht mal Mutter. Alle sind wie vom Erdboden verschluckt!", flüsterte Magda, als sie zu den Jungen zurückgeschlichen kam.

Dann hörten sie, wie Hinrich unter Stöhnen den Schlüssel in das Schloss des Dokumentenschranks steckte. In dem großen massiven Schrank, der mit Eisenbändern gesichert war und ein schweres, sicheres Schloss besaß, hob Brockhusen seine Verträge, wichtige Dokumente, Rechnungen, Geschäfts- und Haushaltsbücher, Schuldscheine sowie Bargeld in verschiedenen Währungen auf.

Der Kaufmann versuchte zu erklären: „Wenn ich Euch doch sage – der Vertrag ist vollkommen nutz..."

„Schweig!", herrschte ihn Swartekop an. Dann hörte man, wie er Brockhusen beiseitestieß und im Schrank herumkramte. „Wo ist er? Wo ist der Vertrag?"

Vogelsank belehrte den falschen Schiffer: „Benutze deinen Kopf, Hermen. Der Vertragsteil muss genau zu seinem Gegenstück passen, das ich hier habe. So machen das doch die hochedlen Herren Hansekaufmänner. Immer alles aufschreiben, alles vertraglich regeln, in doppelter Ausführung und dann in der Mitte durchschneiden. Nur, wenn beide Teile zusammenpassen, ist der Vertrag echt. Schau einfach genau hin!"

„Was auch immer Ihr sucht, Ihr werdet es nicht finden", sagte Hinrich mit gepresster Stimme. Man konnte hören, dass er Schmerzen hatte.

„Und ob wir den Schatz finden werden!", sagte Sievert selbstsicher. „Ich weiß von Störtebeker höchstpersönlich, wie wir den Plan lesen können und was du für ihn versteckt ..."

„Hier!", unterbrach ihn Swartekop triumphierend. „Die Teile gehören zusammen! Wir haben den Schatzplan!"

In diesem Moment wurden die Kinder vor der Tür von einem großen Mann beiseitegeschoben. Der Pilger legte den Finger auf die Lippen und wies sie an, still zu sein. Dann stieß er die Tür weit auf.

Für einen Moment erstarrte jede Bewegung. Hinrich Brockhusen lehnte mit fahlem Gesicht an der Wand und presste eine Hand auf seinen linken Oberarm. Ein dünner Blutfaden sickerte zwischen seinen Fingern hervor. Hermen Swartekop und Sievert Vogelsank hatten sich mit einem Blick, der zwischen Verzückung und Gier schwankte, über den zusammengesetzten Vertrag gebeugt. Nun schauten sie erstaunt zur Tür. Doch ihre Erstarrung löste sich augenblicklich. Swartekop fasste sein Schwert und griff den Pilger an. Der wich dem Hieb blitzschnell aus und hob seinen schweren Stab, mit dem er auch den nächsten Stoß parierte. Die Kinder sahen gebannt zu, wie geschickt der Pilger mit dem Stab kämpfte. Jede Finte des immer hektischer zuschlagenden Swartekop wehrte er ab. Dann wirbelte er den langen Stock herum, traf Swartekop am Handgelenk, und mit einem Aufschrei ließ dieser sein Schwert fallen.

Er blickte sich wild nach einem Ausweg um, war mit einem Satz auf dem Tisch und sprang von dort durch das geschlossene Fenster nach draußen. Scherben und Holzsplitter klirrten auf den Boden. Swartekop landete auf allen vieren, rappelte sich hoch und verschwand humpelnd, jedoch erstaunlich schnell. Durch den plötzlichen Luftzug wirbelten alle Papiere aus dem Dokumentenschrank und vom Tisch durch das Kontor.

Sievert hatte einen Dolch gezogen, doch dem schmächtigen Mann war nicht nach kämpfen zumute. Er brauchte nur einen kurzen Moment, um die Aussichtslosigkeit seiner Lage zu erkennen, und schwang sich ebenfalls flink aus dem zerborstenen Fenster.

Eine gespenstische Stille legte sich über den Raum, in dem man nur das Rascheln der Papiere hörte. Der Schrecken über das eben Erlebte war noch allen ins Gesicht geschrieben. Der Pilger brach das Schweigen, als er sich die Verletzung Hinrichs ansah.

„Eine reine Fleischwunde, die bald heilen wird", beruhigte er den Kaufmann. Während Magda ihrem Vater einen Verband anlegte und der Pilger nach den anderen Hausbewohnern suchte, begannen die Jungen, Ordnung zu schaffen.

„Vielleicht finden wir die beiden Teile des Vertrags. Der würde mich mal interessieren", sagte Marten mit gedämpfter Stimme zu Johann.

? *Wo sind die zusammengehörigen Vertragsteile?*

Der Kurs der Kogge

Mit vor Aufregung zitternden Händen sammelten die Jungen die verstreuten Papiere ein, bliesen Glassplitter hinunter und häuften die Dokumente zu ordentlichen Stapeln auf.

„Schau mal, Marten. Hier sind die beiden Vertragshälften!" Johann hob die beiden Blätter hoch. Die unregelmäßigen Schnittkanten passten nahtlos ineinander.

„Toll, das ist ..." Marten verstummte verblüfft. „Dreh den Vertrag mal um!"

Sie wollten sich gerade die Rückseite der Papiere genauer ansehen, als Brockhusen plötzlich hinter Johann und Marten stand und ihnen die Vertragsteile aus den Händen riss.

„Gebt her, das geht euch nichts an!"

„Vater! Was ist das für ein Vertrag? Was hat das alles mit Störtebeker zu tun?", wollte Marten wissen.

„Ich will in diesem Haus nie – hörst du, nie wieder! – diesen Namen hören!", zischte Hinrich wütend.

Martens Augen füllten sich mit Tränen. Auch in ihm stieg Wut hoch. Viele Fragen brannten dem Jungen auf der Seele. Warum holte Vater nicht schnellstens die Stadtwache, um die Schurken suchen zu lassen? Wer waren Hisko Wiemke, Hermen Swartekop und Sievert Vogelsank wirklich? Welche Verbindung bestand zu Störtebeker und den Vitalienbrüdern? Warum wich Vater immer aus und tat so geheimnisvoll?

Doch ehe Marten einen Ton hervorbringen konnte, stürmte Kathrin ins Kontor.

„Ich hatte solche Angst um dich, Hinrich! Bist du schlimm verletzt?" Sie umarmte ihren Mann und redete wie ein Wasserfall. „Wir waren in dem hinteren Schuppen gefangen, draußen im Hof! Sievert rief alle aus dem Haus zusammen und lockte uns dort hinein, als du Besuch von dem bärtigen Mann bekamst. Dann schlug er die Tür zu und verriegelte sie gründlich. Niemand hörte unser Klopfen und Rufen, bis uns soeben der Pilger befreite."

„Wir sind dem Pilger

wirklich zu Dank verpflichtet", bestätigte Brockhusen und erzählte ihr knapp und etwas beschönigend, was sich im Kontor zugetragen hatte.

Magda half inzwischen Johann, die Scherben zusammenzukehren. „Ja, wir hatten wirklich Glück, dass der Pilger im rechten Augenblick vorbeikam. Ob das reiner Zufall war?", tuschelte das Mädchen.
„Was meinst du damit?", fragte Johann.
„Hast du nicht gesehen, wie er gekämpft hat? Das war kein Anfänger!", mischte sich Marten nun leise ein.
„Glaubst du, der Pilger ist auch hinter dem Vertrag oder einem Schatz oder was auch immer her? Jedenfalls ist er kein Freund von Sievert und diesem Swartekop", stellte Johann fest. „Wir werden das herausfinden", meinte Marten und klopfte Johann dabei entschlossen auf die Schulter.

Selbst am Abend, als das kaputte Fenster mit Brettern vernagelt und alle Papiere wieder an ihrem Platz im abgeschlossenen Dokumentenschrank lagen, waren die Kinder noch ganz aufgewühlt. Der Verrat von Sievert Vogelsank machte allen Hausbewohnern zu schaffen. Seit vielen Wochen hatten sie mit ihm Tisch und Brot geteilt und nichts von seinen Absichten geahnt.

„Ich habe ihn noch nie gemocht. Ständig war er mürrisch und seine Augen konnten dich geradezu durchbohren. Gut, dass er weg ist!", sagte Magda.

Kathrin und die Knechte und Mägde waren sich einig, dass es die Räuber auf das Geld im Schrank abgesehen hatten, doch Marten, Johann und Magda wussten es besser. Aber sie verloren kein Wort über ihre Entdeckung. Denn auch Hinrich Brockhusen schwieg. Er ließ seine Frau und die Angestellten in ihrem Glauben und trank beim Abendessen viel vom schweren roten Frankenwein, um den Schmerz in seinem verletzten Arm zu vergessen. Sein Blick wanderte immer wieder drohend zu den Kindern, die es nicht wagten, noch weitere Fragen zu stellen. Der Pilger war zum Dank für die Rettung zum Mahl eingeladen worden. Doch auch er sprach nicht viel, aß noch weniger und verabschiedete sich schon früh von der Tafel.

Tief in der Nacht wurde Johann wach gerüttelt. Verschlafen richtete er sich auf. Marten und Magda standen im matten Schein einer einzelnen Kerze vor seinem Bett.

„Komm mit – aber sei leise", wisperte der Kaufmannssohn. Auf Zehenspitzen schlichen die Kinder durchs Haus, machten einen Bogen um jede knarrende Diele, bis sie schließlich vor der Schlafkammer der Eltern standen.

„Wollt ihr mir nicht endlich sagen, was ihr vorhabt?", flüsterte Johann.

Statt einer Antwort öffnete Marten behutsam die Tür zum Schlafzimmer. Lautes Schnarchen wies den Kindern den Weg zum elterlichen Bett. Hinrich und Kathrin schliefen tief und fest. Lautlos schlich Marten zum Vater und zog langsam und vorsichtig den Lederbeutel hervor, den der Kaufmann um den Hals trug. Dann dauerte es noch einmal einen qualvoll langen Augenblick, bis Marten sich mit einem erleichterten Lächeln zu Johann und Magda umdrehte und ihnen den Schlüssel zum Dokumentenschrank zeigte.

Vorsichtig und ohne einen Laut eilten sie durch das nachtschwarze Haus ins Kontor. Marten drehte sachte den Schlüssel im Schloss des mächtigen Schrankes, seine stabilen Flügeltüren öffneten sich mit leisem Quietschen.

„Das ist doch verrückt! Wenn euer Vater uns erwischt!", flüsterte Johann ängstlich. Magda, die ihrem Bruder mit der Kerze leuchtete, legte ihm beruhigend die Hand auf den Arm. Doch in ihren Augen konnte Johann lesen, dass auch sie sich ein wenig fürchtete. Marten musste nicht lange suchen, bis er beide Teile des geheimnisvollen Vertrages fand. Sofort drehte er die Teile um. Auf der Rückseite standen einige merkwürdige Wörter und Zahlen, die vom Schnitt geteilt wurden. Darunter war die Zeichnung einer Kogge.

„Was hat das zu bedeuten? Wirst du schlau daraus?", fragte Johann, doch Marten zuckte nur stumm die Achseln. Magda starrte auf die Zeichnung des Schiffes.

„Sag mal Marten, kommt dir das Bild der Kogge nicht irgendwie bekannt vor?", murmelte sie nachdenklich. Sie dachte so angestrengt nach, dass sich auf ihrer Stirn eine steile Falte bildete. Plötzlich klarte ihr Blick auf. Gleichzeitig schien sich auch Marten zu erinnern.

*Lübische Kogge, stolzes Schiff,
segle 5 nach N und 3 nach W
dann 2 nach S und 6 nach O
hier ist dein Hafen
dein Ziel*

„Der Keller!", sagten beide Brockhusen-Kinder wie aus einem Mund. Sie wirbelten aus der Schreibstube, noch ehe Johann begriff, was vor sich ging. Er hatte Mühe, den Geschwistern zu folgen, ohne Lärm zu machen und das ganze Haus aufzuwecken. Von der großen Diele zweigten sie auf die Wendeltreppe ab und stiegen in den Keller hinab. Zwischen Fässern und Kisten hindurch tapsten die Kinder durch das düstere Gewölbe, bis Magda stehen blieb und mit ihrer Kerze eine Mauer beleuchtete.

„Hier habe ich früher mit Marten Verstecken gespielt", sagte sie mehr zu sich selbst als zu Johann. Die Wand war aus Natursteinen gemauert und ein Stein in Kniehöhe trug das eingemeißelte Bild einer Kogge.

„Du hast recht. Es ist das gleiche Segelschiff wie auf der Rückseite des Vertrags. Das ist bestimmt kein Zufall", bemerkte Marten.

„Lies doch mal vor, was da noch geschrieben steht", forderte ihn Johann auf.

Marten hielt die Vertragsteile so, dass er sie im schwachen Kerzenschein lesen konnte.

„Nur wirres Zeug! Hör mal: ‚Lübische Kogge, stolzes Schiff, segle 5 nach N und 3 nach W, dann 2 nach S und 6 nach O, hier ist dein Hafen, dein Ziel.' Das ergibt doch überhaupt keinen Sinn!"

Unschlüssig standen die drei Kinder im flackernden Kerzenlicht. Auf den Mauersteinen waren keine weiteren Zeichen zu erkennen.

Mit einem Mal schlug sich Johann mit der flachen Hand vor die Stirn: „Dass ich da nicht gleich draufgekommen bin – wenn N für Norden steht, also oben, und W für Westen, also links ..."

„... dann können wir abzählen, welcher Stein der ‚Hafen' der Kogge ist", fiel Magda ein, „und das muss das Schatzversteck sein!"

Hinter welchem Stein ist das Schatzversteck?

Letzte Warnung

Der Mauerstein ließ sich überraschend leicht aus der Wand lösen. Dahinter tat sich ein geräumiger Hohlraum auf. Doch sosehr die Kinder die Nische auch abtasteten und mit der Kerze hineinleuchteten, sie blieb leer.

„Irgendjemand muss vor uns da gewesen sein", seufzte Marten.

„Ob Sievert und Swartekop zurückgekommen sind und sich heimlich hier in den Keller geschlichen haben könnten?", fragte Magda.

„Glaube ich nicht. Die trauen sich nicht noch mal her", versicherte ihr Johann. Die stabile straßenseitige Kellertür war wie immer fest verschlossen, von dort war kein Hineinkommen möglich.

„Aber der Pilger? Er war doch in der Schreibstube – vielleicht hat er den Schatzplan auf der Vertragsrückseite gesehen?"

„Wir lösen das Rätsel heute Nacht nicht mehr. Außerdem brennt die Kerze langsam ab. Wir sollten zusehen, dass wir ins Bett kommen", meinte Marten. Johann und Magda stimmten ihm zu und sie gingen vorsichtig und geräuschlos wieder nach oben.

Sie legten den geheimnisvollen Vertrag in den Dokumentenschrank zurück und verriegelten ihn sorgfältig. Dann hatten die Kinder noch einige bange Minuten zu überstehen, als Marten den Schlüssel wieder in den Lederbeutel des Vaters schob. Dann schloss er leise die Tür zum Elternschlafzimmer und holte tief Luft.

„Ein Glück, dass dein Vater so einen gesegneten Schlaf hat!", flüsterte Johann, als die Jungen wieder in ihre Betten stiegen.

„Ein Glück, dass er am Abend so viel Wein getrunken hat!", gab Marten zurück. Trotz der Aufregung schliefen sie rasch ein und wurden erst vom Hahn geweckt, der den beginnenden Tag mit seinem heiseren Krächzen begrüßte.

Hinrich saß am langen Tisch und starrte mit rot geränderten Augen in seine Frühstücksgrütze. Schweigend nahmen Marten und Johann Platz und löffelten ihre Portion aus. Dann streckte sich Hinrich ausgiebig, rieb sich mit beiden Händen den Schädel und versuchte ein Lächeln.

„Vergessen wir die unerfreulichen letzten Tage! Es wird Zeit, dass Johann etwas vom Kaufmannshandwerk lernt, schließlich soll er nicht umsonst den weiten Weg von Köln herauf an die Ostsee gemacht haben, oder? Heute gehen wir zum Hafen, eine Ladung Stockfisch aus Bergen ist angekommen", sagte er und erhob sich. Johann nickte eifrig.

Magda konnte sie nicht begleiten, sie musste bei der Hausarbeit helfen und sah den Jungen sehnsüchtig nach, als sie mit dem Vater das Haus verließen. Auf dem Weg zum Travehafen sprach Hinrich Brockhusen nicht viel. Ab und zu schimpfte er über den Dreck auf den Straßen und war mit den Gedanken offensichtlich woanders. Bald waren sie am Wasser angelangt und tauchten ein in den Betrieb von eifrigen Trägern, knarzenden Kränen, den Rufen der Hafenarbeiter und dem aufgeregten Kreischen der Möwen.

Brockhusen steuerte geradewegs auf eine Gruppe von Kaufleuten zu, die sich an einem Kran am Kai versammelt hatten, und begrüßte die gut gekleideten Männer freundlich.

„Das sind die Partner meines Vaters", klärte Marten Johann auf, „alle sind Anteilseigner der Kogge, die hier festgemacht ist. So teilen sich die Kaufleute das Risiko, falls einmal ein Schiff sinken oder von Piraten geraubt werden sollte. Mein Vater hat Anteile an einer ganzen Reihe von Schiffen, die auf verschiedenen Routen fahren. Sogar an zweien der Salzprahme, die auf dem Stecknitz-Kanal nach Lüneburg pendeln."

Die Männer unterhielten sich gerade darüber, dass die Trave für die neuen, größeren Schiffe wie den Holk bald nicht mehr tief genug sei und wer die Kosten für eine Vertiefung des Flusses zu tragen hätte. Johann und Marten wollten den Kaufmannsklagen bald nicht mehr folgen und ließen ihre Blicke lieber über das Kaiufer schweifen.

An der großen überdachten Waage herrschte dichtes Gedränge, denn alle Händler wollten ihre gerade ausgeladenen Waren möglichst schnell wiegen und vermessen lassen. Knechte stöhnten unter Bündeln von Tuchen, Tagelöhner schoben fluchend schwer beladene Sackkarren über den holperigen Grund oder rollten Bierfässer zu einem Ochsengespann. In einer Ecke dicht bei der Stadtmauer qualmte es. Hier kochten sich Schiffsleute eine dünne Suppe, denn es war ihnen wegen der Brandgefahr verboten, die Mahlzeiten an Bord zuzubereiten. Marten stupste Johann an und zeigte grinsend auf eine Versammlung betuchter Reisender, die ihr Mahl anscheinend in einer der Schankstuben in Hafennähe genossen und mit reichlich Starkbier hinuntergespült hatten. Sie lachten laut und wankten mit unsicheren Schritten zu ihrem Schiff.

Johann entdeckte eine Gruppe von Männern in weißen Mänteln, die sich einen Weg durch die Arbeiter bahnte. „Sieh an, die Ritter vom Deutschen Orden! Was haben die denn hier zu suchen?"

„Dem Orden gehören viele Schiffe und wenn besonders wertvolle Ladungen von oder nach Danzig transportiert werden, ist immer eine Handvoll von Kämpfern an Bord", antwortete Marten. Auf einmal verdüsterte sich sein Gesicht. „Das ist ja interessant!"

Johann folgte seinem Blick und entdeckte unter den Rittern eine vertraute, hochgewachsene Gestalt in zerschlissener Kleidung. „Der Pilger!"

Der Pilger bewegte sich zwischen den Rittern, als

ob er dazugehören würde. Mit ernstem Gesicht schien er den Umstehenden gerade etwas zu erklären.

Die Jungen wollten der Gruppe folgen, aber in diesem Augenblick rief Hinrich sie zu den Kaufleuten. Nur widerwillig folgten Marten und Johann der Aufforderung.

Die Entladung der Kogge war eine recht eintönige Angelegenheit: Der hölzerne Kran zog ein Bündel Stockfisch nach dem anderen aus dem Bauch des Schiffes und lud es auf einem von Ochsen gezogenen breiten Wagen wieder ab. Die Kaufmänner zählten aufmerksam die Bündel mit den getrockneten Fischen, damit jeder die richtige Warenmenge entsprechend seinem Anteil abbekam. Immer wenn ein Wagen voll war, ruckelte er zur Waage, wo die Bündel gewogen und auf ihre Güte geprüft wurden. Nachdem alles notiert war, ging die Fuhre zu den Kontorhäusern der Händler in der Stadt, derweil schon der nächste Wagen unter dem Kran stand und beladen wurde. Das alles wurde mit viel Geplauder über die Qualität der Ware und die Planung neuer Fahrten nach Bergen begleitet. Brockhusen war in seinem Element. Marten führte eine Strichliste, in der er die Menge der Bündel notierte, und gähnte gelangweilt.

Johann beobachtete die beiden Kranknechte, die

im Tretrad im Inneren des Krans stampfend die Winde bedienten und so die Lasten bewegten. Als der Stockfisch entladen war, blieb nur noch ein Dutzend Fässer Tran im Schiffsbauch.

„Die Fässer gehen an Brockhusen!", rief Hinrich dem Schiffer der Kogge zu und winkte ein Pferdegespann heran. Als das erste Fass aus dem Schiffsinneren hochgezogen wurde, ächzte die gesamte Holzkonstruktion des Krans. Der Arm schwang herum, um seine Last auf dem Gespann abzusetzen. In diesem Moment krachte es dumpf und das Holz splitterte. Marten, Johann und Hinrich wandten ihre Köpfe gerade noch rechtzeitig nach oben, um zu sehen, wie der Arm des Krans abknickte. Alle drei sprangen zur Seite. Hölzerne Kranteile schlugen dicht neben Hinrich ein. Das Fass krachte zu Boden, zerbarst und stinkender Waltran spritzte herum und schwappte zähflüssig über die festgestampfte Erde.

Mit zitternden Knien lehnte Hinrich am Wagen. „Alles in Ordnung bei euch?"

Marten und Johann nickten.

Hinrich versuchte, mit einem Tuch die fettigen Spritzer von der Kleidung abzuwischen. „Jetzt auch noch so ein blöder Unfall! Ich werde vom Pech verfolgt!", fluchte der Kaufmann.

Als Marten wieder einen klaren Gedanken fassen konnte, besah er sich den abgebrochenen Arm des Krans genauer. Er hatte es geahnt.

„Johann, Vater, schaut mal. Wenn das ein Unfall war, schöpfe ich mir den Tran in einen Teller und löffele ihn zum Abendessen! Da hat jemand nachgeholfen!", rief er aufgeregt.

Woran erkennt Marten, dass es kein Unfall war?

Im Labyrinth der Gassen

In diesem Moment kam ein kleiner Junge und zupfte Hinrich am Ärmel.

„Kaufmann Brockhusen? Ich soll Euch diese Botschaft hier übergeben."

Hinrich nahm den Zettel, faltete ihn auseinander und las. Dann ließ er den Arm sinken. „Hört dieser Albtraum denn nie mehr auf?"

Das Papier glitt ihm aus den Fingern und Johann hob es wieder auf. Er zeigte Marten die Worte, die offenbar in größter Eile hingekritzelt worden waren. „Hinrich Brockhusen – dies ist die letzte Warnung. Gib uns den Schatz und erspare dir Schlimmeres. Kein Wort an die Stadtwache. Mitternacht an der Pforte von St. Petri. Gottes Freunde und aller Welt Feind!"

Marten packte den Jungen an den Schultern. „Wer hat dir diesen Zettel gegeben?"

Der Kleine blickte irritiert auf und wies in Richtung des kleinen Hafentores. „Drei Männer. Dahinten. Ich kann sie aber nicht mehr sehen, sie sind weg."

„Lass ihn", mischte sich Johann ein, „wir wissen doch, wer das war!"

Schweigend überwachte Brockhusen die Entladung der restlichen Fässer. Das dauerte sehr viel länger als geplant, da nun der Kran ausfiel und die Ladung von Rahe und Taljen der Kogge aus dem Schiffsbauch gehievt werden musste. Als Hinrich, Marten und Johann sich auf den Weg nach Hause machten, dämmerte es schon. Hinrich stapfte wütend durch die Gassen Lübecks, die Jungen konnten kaum Schritt halten. Abrupt blieb er stehen und drehte sich zu Marten und Johann um.

„Versprecht mir, dass ihr zu Hause kein Wort über den Inhalt der Botschaft ausplaudert! Ich weiß, ich schulde euch eine Erklärung und ich werde euch auch alles erzählen. Schließlich seid ihr, genau wie ich, den Gefahren nur knapp entronnen. Aber zunächst gehe ich heute Nacht zu dem Treffen. Die Sache muss ein für alle Mal vom Tisch!"

Marten war erschrocken. „Du willst dich wirklich

mit den Schuften treffen? Willst du ihnen den Schatz geben? Und was für ein Schatz ist das überhaupt?" Die Fragen sprudelten nur so aus ihm heraus.

Doch statt einer Antwort nickte Brockhusen nur ernst, wandte sich um und setzte seinen Weg fort.

Beim Abendessen war das Unglück mit dem Hafenkran natürlich *das* Gesprächsthema. Kathrin dankte Gott beim Tischgebet, dass niemand verletzt worden war. Die beiden Jungen verrieten keinem, dass der Unfall in Wirklichkeit ein Anschlag gewesen war. Erst nach dem Essen, als sie die Schweine in ihrem Koben im Hinterhof fütterten, weihten sie Magda in die wahren Geschehnisse ein.

„Woher war denn den Tätern klar, dass wir von dem Anschlag getroffen werden und kein anderer?", wollte das Mädchen wissen.

„Ganz einfach: Sievert wusste, dass wir heute früh die Kogge aus Bergen entladen wollten und er kannte durch seine Arbeit als Schreiber bei Vater auch die Frachtliste! Er wusste, dass wir als Einzige noch Tranfässer bekommen würden. Und weil die Fässer viel schwerer als die Stockfischbündel sind, konnte er sicher sein, dass der angesägte Kranarm erst unter dieser Last zusammenbrechen würde", erklärte Marten.

„Wirklich klug ausgedacht. Aber wie können wir Vater davon abhalten, zu dem nächtlichen Treffen zu gehen? Sievert und seine Kumpane sind doch zu allem fähig!", meinte Magda besorgt.

Die Jungen zuckten nur mit den Achseln. Hinrich hatte beim Abendessen den Eindruck eines entschlossenen Mannes gemacht, der wusste, was er tat.

In dieser Nacht fiel es weder Marten noch Johann schwer, wach zu bleiben. Eine Weile nach dem elften Schlag der Turmglocke stiegen sie aus den Betten und schlüpften lautlos in ihre Kleider. Als sie nach Magda sahen, war das Mädchen nach dem Tag voller Arbeit in tiefen Schlummer gesunken.

„Wollen wir sie wecken?", fragte Johann flüsternd, doch Marten schüttelte den Kopf.

„Wir bringen sie nur in Gefahr, wenn wir sie mitnehmen. Lass sie schlafen!"

Marten und Johann schlichen sich aus der Hintertür, überquerten den Hof und kletterten in der hintersten Ecke über die Grundstücksmauer. Sie landeten in einer engen Gasse. Es war stockfinster. Die Jungen tasteten sich durch Gänge, schmale Stiege und Nebenstraßen. Johann hatte bald jegliche Orientierung verloren. Doch Marten kannte Lübeck wie seine Westentasche. Zielsicher führte er Johann durch die Dunkelheit. So landeten sie nach kurzer Zeit bei der Kirche St. Petri.

Sie versteckten sich in einem Kellereingang, von dem sie einen guten Blick auf das Portal des Gotteshauses hatten. Wie erwartet, tauchte kurze Zeit später Hinrich Brockhusen auf, eine Leuchte in der Hand. Da lösten sich drei dunkle Gestalten aus dem tiefen Schatten der Kirche. Trotz der Finsternis erkannten die Jungen sie sofort: Sievert, den falschen Schiffer Swartekop und Hisko, den Friesen.

„Ich denke, du weißt, was wir wollen!", nölte Sieverts Stimme durch die Nacht.

Wortlos nahm Hinrich eine Geldkatze ab, die er wie einen Gürtel um den Bauch trug, und warf sie seinem ehemaligen Schreiber vor die Füße. Der schlauchartige Sack plumpste schwer zu Boden. Sievert hob ihn schnell auf, griff gierig hinein und holte einige Münzen heraus, die im matten Schein der Laterne golden glänzten. Er grinste schief.

„Seid ihr nun zufrieden? Und jetzt verschwindet. Aus dieser Stadt und aus meinem Leben!", zischte Brockhusen.

Sievert deutete eine höhnische Verbeugung an. In diesem Moment trat eine weitere Gestalt aus dem Dunkel der Häuser hinzu.

„Bevor Ihr geht, meine Herren, hätte ich ein Wort mitzureden!", sagte der Pilger schneidend.

„Du schon wieder! Jetzt bist du dran!", stieß Swartekop hervor und zog ein Schwert. Im Nu waren alle fünf Männer in ein wildes Handgemenge verstrickt. Johann und Marten stürzten aus ihrem Versteck und wollten helfen. Hinrich bemerkte, wie die Jungen sich einmischten, und konnte ihnen gerade noch zurufen: „Nein! Geht!" Dann wurde er niedergeschlagen. Johann bekam im Kampfgetümmel einen Stoß und blieb benommen am Boden liegen. Aus den Augenwinkeln sah er, wie der Pilger mit Swartekop rang und Marten von Hisko gepackt wurde. Der Hüne klemmte sich den strampelnden Jungen unter den Arm, als wäre er ein leichtes Päckchen Stockfisch.

Der Pilger versetzte Swartekop harte Schläge mit seinem Stab, doch der falsche Schiffer wehrte sich nach Kräften. Sievert presste die Geldkatze an seine Brust, gab Hisko ein Zeichen, und die beiden verschwanden mit Marten in der Dunkelheit.

„Marten!" Johann rappelte sich hoch. Noch etwas schwindelig rannte er in die Richtung, in der die Entführer verschwunden waren. In diesem Augenblick riss die Wolkendecke auf und im hellen Mondschein konnte Johann die Flüchtenden erkennen, wie sie Richtung Trave liefen. An der Stadtmauer hielten sie sich links. Ein Stück weiter südlich bogen sie wieder nach links ab und liefen auf die doppeltürmige Fassade eines großen Doms zu. Johann blieb ihnen dicht auf den Fersen, als sie einen großen Platz überquerten und in eine breite Straße rannten, die zu einem kleineren, dreieckigen Platz führte. Johann holte auf und dabei sah er, dass Marten sich nach Kräften wehrte und die Entführer zwang, langsamer zu gehen. Von dem Platz bogen sie in eine Straße nach rechts ein, die an einer weiteren Kirche vorbeiführte. Dort hielten sich Sievert und Hisko links und folgten der Gasse. Johann bemerkte zu seiner Rechten ein ummauertes Areal, vielleicht ein Kloster. Doch drei Quergassen weiter hatte Johann die Flüchtigen plötzlich aus den

Augen verloren. Sie waren wie vom Erdboden verschluckt. Nach Luft ringend stützte Johann seine Hände auf die Knie und dabei bemerkte er einen üblen Geruch, der aus den Hinterhöfen drang. Es war gespenstisch still in der nächtlichen Stadt. Johann musste Hilfe holen. Nachdem er sich ein paar Mal in finsteren Straßen verlaufen hatte und keiner Menschenseele begegnet war, fand er durch Zufall die St.-Petri-Kirche wieder.

Wo noch vor ein paar Minuten der Kampf getobt hatte, war nun kein Laut mehr zu hören. Einzig eine dunkle Gestalt regte sich am Boden. Hinrich Brockhusen kam wieder zu sich.

„Was – was ist bloß geschehen? Wo ist Marten? Wo sind …?", stöhnte er und rieb sich den schmerzenden Kopf.

Johann erzählte ihm rasch, was geschehen war. Dann beschrieb er den Weg, auf dem er die Entführer verfolgt hatte. Brockhusen nickte.

„Gut gemacht! Dann weiß ich, wo sich Sievert und Hisko verstecken!"

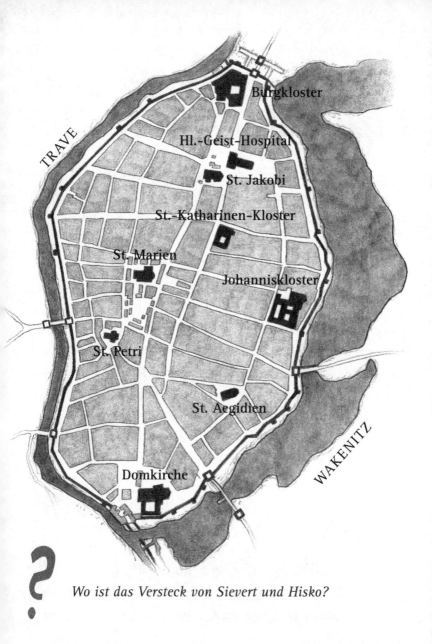

Wo ist das Versteck von Sievert und Hisko?

Gottes Freunde und aller Welt Feind

Nach kurzer Zeit hatten Brockhusen und Johann die Stelle erreicht, an der der Junge die Verfolgung aufgeben musste. Jetzt wurde Johann auch bewusst, woher der Gestank kam, der in der Luft hing: der Geruch der Gerber, die Tierhäute in Urin einlegten, um sie weich und geschmeidig zu machen. Hinrich spähte über die Mauer in einen Hinterhof. Auf Holzgerüsten waren Häute zum Trocknen aufgespannt. Die Höfe der Gerbereien waren dunkel und unübersichtlich. Ein leiser Schmerzensschrei durchbrach plötzlich die Stille.

„Ah! Verfluchter Bengel! Er hat mich in den Finger gebissen!"

„Still, du Narr!", fauchte eine andere Stimme, die unschwer als die von Sievert Vogelsank zu erkennen war.

„Marten! Halte durch!", rief Hinrich und kletterte über die Mauer. Aus einer finsteren Ecke des Hofes lösten sich Schatten und flohen in Windeseile. Johann und Hinrich sprangen ihnen nach. Es ging über Zäune und Mauern, durch Gestelle, an denen ihnen unbehandelte Häute ins Gesicht schlugen, vorbei an

Bottichen mit unappetitlichem Inhalt. Schließlich fanden sie einen Ausgang und rannten auf die Straße. Als Fliehende und Verfolger um die Ecke auf einen Platz kamen, verstellte ihnen eine bekannte Gestalt den Weg.

„Verflucht! Wer bist du eigentlich, Pilger? Warum tauchst du immer im falschen Moment auf?", stieß Sievert keuchend hervor. Seine Augen suchten hektisch nach einer Fluchtmöglichkeit.

Der Pilger lächelte kühl und warf seinen alten, scheckigen Umhang ab. Darunter trug er einen ritterlichen Waffenrock und ein Schwert. Auf seinen Wink hin näherte sich aus dem Schatten der Fassade des

Heiligen-Geist-Hospitals schweigend eine Gruppe weiterer Männer und umkreiste alle. Auch sie trugen die Tracht der Ritter des Deutschen Ordens. In ihrer Mitte führten sie den gefesselten Hermen Swartekop.

„Gebt meinen Sohn frei!", brüllte Hinrich mit Wut und Verzweiflung in der Stimme. Marten wand sich im stahlharten Griff des Friesen. Hisko zog einen Dolch.

„Keinen Schritt näher, sonst ..." Wild starrte er von Brockhusen zu dem merkwürdigen Ritter.

Niemand achtete auf Johann, der sich heimlich dem Friesen von hinten näherte. Mit einem Mal sprang er vor und gab Hisko einen kräftigen Tritt in die Kniekehle. Hisko knickte um. Blitzschnell reagierte der Ritter und schlug ihm mit dem Pilgerstab das Messer aus der Hand. Marten riss sich los und warf sich in die Arme seines Vaters.

„Gebt auf! Streckt die Waffen!", befahl der Ritter den beiden Schurken. Hisko hielt sich das Knie und Sievert umkrallte den Geldschlauch mit beiden Händen. Beide rührten sich nicht.

„Ich bin Konrad von Treyden, Ritter vom Deutschen Orden. Verzeiht", sagte er in Richtung Brockhusen, „dass ich Euch meinen wahren Namen verheimlicht habe, als ich in Eurem Hause zu Gast war.

Das ließ mein Geheimauftrag nicht zu. Allerdings würde es mich interessieren, was in der Geldkatze war, die Ihr den Herrschaften vorhin übergeben habt."

„Nichts! Na ja, nicht viel jedenfalls", antwortete Hinrich.

Sievert starrte ungläubig. „Die Münzen ..."

Er riss den Schlauch auf und schüttete ihn aus. Zuerst purzelten einige Geldstücke zu Boden, danach nur noch wertlose Steine.

„Was soll das? Du hast mich reingelegt! Wo ist der Schatz?", schrie Sievert.

Hinrich Brockhusen sah zum Ritter. Der nickte.

„Den Schatz gibt es nicht mehr", sagte Hinrich leise. Marten sah ihn mit großen Augen an. Und dann begann der Kaufmann, die Geschichte zu erzählen, die ihm schon so lange wie ein schwerer Stein auf der Seele gelegen hatte.

„Geboren bin ich in Wismar. Mein bester Freund seit den Tagen der Kindheit hieß Klaus Störtebeker."

Marten sog scharf die Luft ein.

„Wir haben viel zusammen angestellt, gingen durch dick und dünn", fuhr Hinrich fort, „und als wir junge Männer waren, begann der Krieg zwischen den Mecklenburger Herzögen und den Dänen. Es wurden immer abenteuerlustige Burschen gesucht, die auf Kaperfahrt gegen den Feind gehen wollten. Ich war Kaufmannsgeselle, aber Klaus hat mich überredet, auf einer Kriegskogge anzuheuern und so stachen wir in See. Was wusste ich denn schon? Ich hielt es für ein Abenteuer. Aber das Kämpfen und Morden war schrecklich! So viel Blut wurde vergossen ..." Hinrich schauderte einen Augenblick. „Als das Kaperschiff nach Wochen wieder den Wismarer Hafen anlief, die Laderäume voller Beute, ging ich von Bord.

Klaus aber hatte sich verändert. Er fand Gefallen an diesem Leben und konnte es gar nicht erwarten, erneut hinauszufahren und das Schwert zu schwingen. Dann sah ich ihn nicht mehr für lange Zeit. Der Krieg endete irgendwann, aber die Raubfahrten der Vitalienbrüder, wie man Störtebekers Kumpane nun nannte, in der Ostsee hörten nicht auf. Und immer, wenn der Name Störtebeker fiel, sprach man von ihm mit Schrecken und Abscheu. Dann griff der Deutsche Orden ein und vertrieb die Vitalier von Gotland und aus der Ostsee."

Er blickte zum Ritter Konrad.

„Zu dem Zeitpunkt hatte ich als Kaufmann das Lübecker Bürgerrecht erworben und mein Glück mit dem Handel von flandrischen Tuchen gemacht. Ich konnte mir ein stattliches Haus kaufen. In einer stürmischen Nacht aber klopfte es an der Tür. Als ich öffnete, drängte ein Mann mit langen Haaren und blondem Bart herein. Ich hätte ihn fast nicht wiedererkannt: Klaus Störtebeker. Im Namen unserer alten Freundschaft bat er mich inständig, ein Paket für ihn aufzubewahren. Ich sei der Einzige, dem er trauen könne. Er wirkte gehetzt. Obwohl ich wusste, dass es falsch war, ließ ich mich überreden. Wir suchten im Keller ein Versteck und verzeichneten es auf der Rückseite eines alten Vertrages. Eine Hälfte davon nahm Klaus mit, als er verschwand, eine behielt ich. Er kam nie wieder. Am Tage seiner Hinrichtung war ich geschäftlich in Hamburg und sah das blutige Spektakel aus der Ferne. Furchtbar!"

„Und dann hast du dir Störtebekers Schatz unter den Nagel gerissen!", geiferte Sievert.

Brockhusen beachtete ihn nicht. „Kaum war ich wieder in Lübeck, wollte ich das Paket und alle Erinnerung an Störtebeker loswerden. Erst als ich es aus dem Versteck im Keller holte, sah ich, dass es ein Schatz war: Gold- und Silbermünzen, Bernstein, Juwelen. Und ich wusste, dieser Schatz wurde mit Blut bezahlt!"

„So ist es", sagte nun der Ritter Konrad, „es war die Beute aus den Raubzügen Störtebekers in der Ostsee. Viele Seemänner des Ordens mussten dafür ihr Leben lassen. Wir Ordensleute waren Störtebeker und dem Schatz auf der Spur, aber er entwischte uns nach Ostfriesland. Bis dorthin reichte unsere Macht nicht. Nach seinem Tod gaben wir die Suche auf. Erst viele Jahre später berichteten unsere Agenten von einem Mann, der in den Hafenwirtschaften von Störtebekers verlorenem Schatz faselte – Sievert Vogelsank."

Alle Augen wandten sich zu Sievert.

„Wusstet Ihr, dass Sievert ehedem Schreiber am Gericht in Hamburg war und die Verhöre Störtebekers protokollierte?", fragte der Ritter.

„Ja, Störtebeker redete unter der Folter!", platzte es aus Sievert heraus. „Er versprach den Hamburgern goldene Ankerketten oder einen Schatz, den er in Lübeck versteckt hatte, wenn man ihn nur verschonte. Doch die Ratsherren glaubten ihm nicht, sie wollten seinen Kopf! Ich allein erkannte die Wahrheit in seinen Worten. In seinen Habseligkeiten entdeckte ich den halben Vertrag. Ein erster Hinweis. So viele Jahre brauchte ich, um Euch zu finden, Hinrich Brockhusen! Ich fing bei Euch als Schreiber an, doch die zweite Vertragshälfte fand ich nicht. Ich brauchte Komplizen, also heuerte ich Hisko und Hermen an, beides ehemalige Vitalier, die Störtebeker noch gekannt haben. Umsonst – wo ist der Schatz, wo?"

„Dreht Euch um: Dort ist er abgeblieben!", sagte Hinrich.

„Das Heiligen-Geist-Hospital?", rief Marten.

„Der Schatz war verflucht! Ich wollte nichts davon haben! Also habe ich alles dem Hospital gestiftet", bestätigte Brockhusen.

Sievert Vogelsank schüttelte ungläubig den Kopf.

Ritter Konrad drehte sich zur breiten Giebelfront des Gebäudes. „Ist das denn möglich? Denn, wenn Ihr die Wahrheit sagt ..."

„Er sagt die Wahrheit!", tönte eine neue Stimme.

Ein Mann näherte sich mit kleinen Schritten der Gruppe. Es war Arnd Holste, der Kaplan des Hospitals. „Kaufmann Brockhusen ist unser großzügigster Spender. Was ist das hier für ein Gebrüll in der Nacht? Wollt Ihr die Alten und Kranken wecken? Gibt es Schwierigkeiten?"

„Nun nicht mehr", antwortete der Ritter. „Wenn der Schatz für diesen Zweck verwendet wurde, dann ist mein Auftrag hier in Lübeck erledigt. Nur eines noch: Warum habt Ihr das alles so lange verheimlicht?"

„Weil es meinen Ruf als Kaufmann in Lübeck ruiniert hätte, wenn ich in irgendeiner Weise mit Störtebeker oder den Vitalienbrüdern in Verbindung gebracht worden wäre. Niemand hätte dann mehr mit mir Geschäfte gemacht!", meinte Hinrich matt.

„Dann wird es besser sein, wenn wir die Burschen hier mit uns nehmen und für eine gerechte Bestrafung sorgen, bevor die Stadtwache aufkreuzt und unangenehme Fragen stellt." Der Ritter gab seinen Männern ein Zeichen. Sie packten die Übeltäter und verschwanden mit Sievert, Hisko und Swartekop in der Dunkelheit. Ritter Konrad nickte knapp, dann wandte auch er sich um und ging. Arnd Holste wünschte eine gute Nacht und ging langsam zurück ins Hospital.

Hinrich, Marten und Johann standen still auf dem leeren dunklen Platz.

„Das Leben als Kaufmannsgeselle ist doch viel aufregender, als ich gedacht hätte!", brach Johann das Schweigen.

Hinrich lächelte müde. „Nehmen wir noch eine Mütze voll Schlaf. Morgen wartet viel Arbeit auf uns!"

„Und dann, Johann, geht es erst richtig los!", lachte Marten.

Lösungen

Hoher Seegang
Johann sieht, dass sein Onkel mit einem Messer bedroht wird.

Der Schädel des Piraten
Hinrich muss schon einmal auf dem Grasbrook gewesen sein, da er weiß, welcher Schädel Störtebekers ist.

Ein Dieb im Badehaus
Der Dieb verschwindet gerade um die Hausecke.

Ein neuer Untermieter
Unter dem schäbigen Mantel erkennt Magda saubere Kleidung, ein Schwert und den Waffenrock eines Ritters.

Der falsche Schiffer
Der Ewer kann nur 50 Last tragen. Zählt man jedoch die Aufstellung der Waren zusammen ergibt sich eine viel höhere Summe. Der Schiffer muss ein Betrüger sein.

Vertrag ist Vertrag

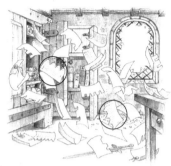

Der Kurs der Kogge

Letzte Warnung

Der Kran ist angesägt worden.

Im Labyrinth der Gassen

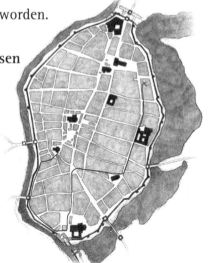

Glossar

Achterkastell: bei älteren Schiffstypen eine Plattform, die einer besseren Verteidigung vor Angriffen diente. Sie befand sich achtern, also am Heck, dem hinteren Ende des Schiffes. Größere Schiffe wie der Holk besaßen auch ein Vorderkastell.

Aderlass: eine Blutabnahme, von der man in früheren Zeiten glaubte, sie würde gegen vielerlei Krankheiten helfen

Bader: Betreiber eines Badehauses, zugleich oft auch als Friseur, Zahnarzt und Arzt tätig

Baiensalz: aus Meerwasser gewonnenes Salz von der französischen Atlantikküste

Ewer: in der Hansezeit ein flaches und geräumiges Lastschiff mit einem Mast, das im Küstenverkehr eingesetzt wurde

Hafengeld: eine Gebühr, die für ein Schiff fällig wurde, das einen Hafen anlief und dort festmachte

Hellebarde: eine Stangenwaffe, an deren Spitze sich eiserne Klingen, Haken oder Spieße befanden

Holk: ein Segelschiff, das gegen Anfang des 15. Jahrhunderts entwickelt wurde. Mit seiner größeren Tragfähigkeit von über 150 Last (etwa 300 Tonnen) löste der Holk allmählich die Kogge als gebräuchlichstes Handelsschiff ab.

Kaperbrief: ein Dokument der Regierung, das einem Kapitän erlaubte, die Schiffe feindlicher Länder anzugreifen und auszuplündern

Kogge: verbreiteter Schiffstyp des Mittelalters. Die Kogge besaß einen Mast mit einem großen Rahsegel und konnte Handelswaren mit einem Gewicht von über 200 Tonnen transportieren. Dieses stabile Schiff war zuverlässig, recht gut zu manövrieren und konnte auch längere Hochseefahrten unternehmen.

Konvoi: eine gemeinschaftliche Fahrt mehrerer Schiffe, die sich auf diese Weise gegenseitig Schutz vor Angriffen von Piraten oder feindlichen Flotten gaben. Oft wurden solche Konvoifahrten von bewaffneten Geleitschiffen geschützt.

Krähennest: Ausguck hoch oben am Mast

Last: ein Gewichtsmaß der Hansezeit. 1 Last entsprach etwa 2 000 Kilogramm.

Rahe: große schwenkbare Querstange, die am Mast angebracht war

Rahsegel: an der Rahe befestigtes viereckiges Segel

Rudergänger: Seemann, der das Ruder bedient

Salzprahme: flache Boote für den Transport von Salz

Schiffer: Schiffsführer und Anteilseigner des von ihm befehligten Schiffes

Schnigge: kleiner und wendiger Schiffstyp, der zumeist in Küstennähe oder auf Flüssen fuhr

Skagerrak: Meerenge zwischen Jütland (Dänemark) und Norwegen

Talje: eine Seilanordnung, die einen doppelten und einen dreifachen Block durchläuft. Damit kann man, wie bei einem Flaschenzug, schwere Gewichte mit einem geringeren Kraftaufwand bewegen.

Wiegegebühren: bei Benutzung der öffentlichen Hafenwaage fällige Geldbeträge

Zahnwurm: wurde früher als Verursacher der Zahnschmerzen vermutet. Wahrscheinlich wurde irrtümlich der Zahnnerv in ausgerissenen Zähnen für einen Wurm gehalten.

Zeittafel

ab etwa 1150: Ostseeländer bauen gemeinsamen Wirtschaftsraum auf.
12. Jahrhundert: lockeres Bündnis von westfälischen, sächsischen, wendischen, pommerschen und preußischen Städten unter der Führung Lübecks
1226: Lübeck wird Freie Reichsstadt.
1266/67: Bezeichnung des Fernhandelsverbandes als „hansa"
1356: Erster Hansetag in Lübeck der „kopmans van der dudeschen hanse"
1362–70: Krieg der Hanse gegen Waldemar IV. Atterdag von Dänemark. Die Hanse erkämpft sich völlige Handelsfreiheit und Privilegien.
um 1360: Geburt Klaus Störtebekers, vermutlich in Mecklenburg
1368: Die „Kölner Konföderation" der Hansestädte mit Schweden, Holstein und Mecklenburg erobert Kopenhagen, Schonen und dänische Sundschlösser.
1370: Friede von Stralsund, Dänemark

	muss hansische Handelvorrechte garantieren
1389–95:	Dänisch-mecklenburgischer Krieg um die Vormachtstellung in Skandinavien
1389:	Die Hansestädte Wismar und Rostock öffnen ihre Häfen für Kaperfahrer gegen Dänemark. Handelsverkehr in der Ostsee von kapernden Seeräubern stark beeinträchtigt.
1392:	Hanse stellt den Schiffsverkehr mit den Heringsmärkten in Schonen wegen der Piratengefahr ein.
seit 1394:	Klaus Störtebeker und Godeke Michels Anführer der „Vitalienbrüder" genannten Seeräuber; Kaperfahrten im Auftrag der Herzöge Mecklenburgs gegen Schiffe der Königin Margarethe I. von Dänemark
1395:	Hanse vermittelt Frieden zwischen Dänemark und Mecklenburg. Vitalienbrüder rauben auf eigene Rechnung weiter.
1397:	Vitalienbrüder erobern die Ostseeinsel Gotland und bauen sie zu

	einem Piratenstützpunkt aus.
1398:	Vertreibung der Vitalienbrüder von Gotland durch den Deutschen Orden. Störtebeker und Michels entkommen in die Nordsee und finden in Ostfriesland Unterschlupf.
1400:	Hansische Flotte unter Führung Hamburgs schlägt Vitalienbrüder bei Helgoland, Gefangennahme Störtebekers
1400/01:	Hinrichtung Störtebekers und seiner Mannschaft auf dem Grasbrook in Hamburg
1401:	Michels wird von hansischen Truppen in der Jademündung gefangen genommen.
1402:	Hinrichtung Michels in Hamburg
1426–35:	Hansisch-dänischer Krieg
um 1435:	Reste der Vitalienbrüder verlieren ihren letzten Stützpunkt in Friesland.
1438–41:	Hansisch-niederländischer Krieg; die Hanse muss den Niederländern die wirtschaftliche Gleichberechtigung im Ostseeraum zuerkennen.

Störtebeker und die Hanse

Das Mittelalter war für Fernhandelskaufleute eine gefährliche Zeit. Auf den Meeren lauerten Seeräuber und bei Schiffbruch drohte Strandraub. In der Fremde waren Kaufmänner rechtlos, wenn sie überfallen oder betrogen wurden. Zum Schutz schlossen sich die Kaufleute zu Gemeinschaften zusammen, um der Bedrohung zu trotzen und Leben, Eigentum und die Rechte ihrer Mitglieder im Ausland zu schützen.

Es waren vor allem norddeutsche Kaufleute, die im 13. Jahrhundert gemeinsame Stützpunkte und feste Handelsplätze in benachbarten Ländern gründeten. Das Bündnis der Händler nannte man *dudische Hanse*, was so viel wie *deutsche Genossenschaft* heißt. Die Geschäftssprache war Niederdeutsch. Aus der Kaufmannshanse wuchs im Laufe der Jahrzehnte der wichtigste und mächtigste Städtebund des Mittelalters, dem in seiner Blüte viele Handelsstädte angehörten. Darunter waren Hafenstädte wie Hamburg, Lübeck, Bremen, Wismar, Rostock, Danzig und Riga und Binnenstädte wie Lüneburg, Braunschweig, Köln, Osnabrück, Dortmund, Breslau und Krakau.

Die wichtigsten ausländischen Handelszentren waren die Kontore. Die Hanse unterhielt vier dieser befestigten Niederlassungen: den Stalhof in London (England), das Haus der Osterlinge in Brügge (Flandern, heute Belgien), die Deutsche Brücke in Bergen (Norwegen) und den Peterhof in Nowgorod (Russland). In den Kontoren befanden sich Lagerhallen für Handelsgut, die Schreibstuben der Kaufleute und Unterkünfte. Hier gab es sogar einen eigenen Gerichtshof, denn in den Kontoren galt das Recht der Hanse und nicht das der jeweiligen Landesherren. Dieses Vorrecht wurde den Hansekaufleuten von den Herrschern der Gastländer gewährt.

Über die Geschicke des Wirtschaftsbundes beriet der Hansetag, der überwiegend in Lübeck zusammentrat. Abgesandte – das waren meistens Ratsherren – der Hansestädte berieten dort über alle hansischen Angelegenheiten, geschäftliche Belange, das Verhalten in Konfliktfällen und die Wahrung des Friedens. Die Hansekaufleute schätzten den Frieden, denn der Handel brauchte Sicherheit und Krieg bedeutete immer Einschränkung und hohe Kosten. Sie griffen lieber zum Mittel der „Verhansung", das war eine Art Handelsembargo, um ihre Gegner wirtschaftlich in die Knie zu zwingen. Doch im Streit mit fremden Landesherren scheute die Hanse auf dem Höhepunkt ihrer Macht letztendlich auch vor Krieg nicht zurück.

Allerdings gelang es der Hanse nur selten, als einheitliches Gebilde aufzutreten. Es herrschte ständig Uneinigkeit zwischen den Hansestädten, weil viele ihre eigenen Interessen vor die der Gemeinschaft stellten. Wie brüchig die Allianz zwischen den Mitgliedsstädten sein konnte, zeigte sich im dänisch-mecklenburgischen Krieg 1389-95. Die Hansestädte Wismar und Rostock fühlten sich den Mecklenburger Herzögen mehr verbunden als der Hansegemeinschaft und warben in ihren Häfen um Kaperfahrer. Sie sollten feindliche Schiffe aus Dänemark, Schweden und Norwegen angreifen – fügten jedoch der gesamten Handelsschifffahrt (und damit der Grundlage des hansischen Reichtums) einen großen Schaden zu und brachten sie zeitweise sogar ganz zum Erliegen. Als die Seeräuber den Friedensschluss von 1395 ignorierten, wurde klar, welche ernsthafte Bedrohung für den Handelsverkehr hier in die Welt gesetzt worden war.

Ab dem Ende des 15. Jahrhunderts begann der langsame Niedergang der Hanse. Nach der Entdeckung Amerikas ging der Welthandel andere Wege und der Wirtschaftsraum der Hanse verarmte allmählich. Die Niederlage in einem erneuten kriegerischen Konflikt mit Dänemark (1533-1535) brach die Macht der Hanse in der Ostsee. Die meisten Hansestädte verloren nach und nach ihre Eigenständigkeit und wurden von den Landesfürsten vereinnahmt. Zum letzten Hansetag, der 1669 in Lübeck stattfand, erschienen nur noch Vertreter aus sechs Städten.

Lübeck – Königin der Hansestädte

Lübeck wurde Mitte des 12. Jahrhunderts auf einer geschützten Halbinsel zwischen den Flüssen Wakenitz und Trave gegründet. Die Stadt profitierte von ihrer günstigen Lage im südwestlichen Winkel der Ostsee. Im aufblühenden Ost-West-Handel übernahm Lübeck die Rolle der Vermittlerin und Lenkerin. Hier siedelten sich viele Fernhandelskaufleute an, deren Unternehmergeist die Politik der Hanse stark prägte. Schon um 1400 erlebte Lübeck einen glanzvollen Höhepunkt. Dicht an dicht standen die aus Backstein erbauten Kaufmannshäuser, umgeben von einer starken Stadtmauer, und prächtige Kirchen, die die Namen von Schutzheiligen der Kaufleute, Schiffer und Fischer trugen, reckten ihre Türme in den Himmel. Etwa 25 000 Bewohner lebten zu jener Zeit in Lübeck, was sie zur zweitgrößten Stadt im Deutschen Reich nach Köln machte.

Die Bedeutung Lübecks in der Hanse merkt man auch daran, dass die *Lübische Mark* die Leitwährung im Ostseehandel war und das *Lübische Recht* (Lübecker Stadtrecht) auch in vielen anderen Hansestädten galt. Bei aller Größe und Orientierung am Profit vergaßen der Rat und die Bürgerschaft Lübecks doch nicht die Alten und Kranken. Das Heiligen-Geist-Hospital kümmerte sich um die Bedürftigen der Stadt und finanzierte sich aus Spenden, Stiftungen und Nachlässen. Seit 1286 stehen die Gebäude des Hospitals am Lübecker Koberg und werden bis heute zum Teil als Alten- und Pflegeheim genutzt.

Lübecks Reichtum gründete sich auf Salz. Die Stadt besaß das Salzhandelsmonopol mit dem Steinsalz, das aus den Lüneburger Salinen gewonnen wurde. Dieses machte den Handel mit Hering erst möglich, dessen Fanggründe vor dem südschwedischen Schonen lagen. Mit dem Salz konservierte man den Hering in Fässern und konnte den leicht verderblichen Fisch auch über größere Entfernungen ins Binnenland und bis nach Süddeutschland transportieren. Fisch war eine beliebte und begehrte Speise in der Fastenzeit, weil das Essen von Fleisch untersagt war. Für die Beförderung des Lüneburger Salzes baute man extra eine künstliche Wasserstraße, den Stecknitz-Kanal, der ab 1398 die Fahrt von der Elbe über die Trave nach Lübeck erlaubte.

Klaus Störtebeker und die Vitalienbrüder

Die Gefahr eines Piratenüberfalls bestand auf jeder Seereise eines Hanseschiffes. Ihren Höhepunkt erreichte die Bedrohung in den Jahren vor 1400. Damals machte eine Bande von Seeräubern, die unter dem Namen Vitalienbrüder bekannt wurde, die Ost- und Nordsee unsicher. Einer ihrer Anführer hieß Klaus Störtebeker, der wohl der bekannteste einheimische Pirat wurde.

Seine Herkunft liegt im Dunkeln. Im Jahr 1380 erfolgte ein Eintrag ins „liber proscriptorum" (Gerichtsbuch) der Hansestadt Wismar, nach der ein gewisser Nicolao Stertebecker in eine Schlägerei verwickelt war. Daher nimmt man an, dass Störtebeker aus Mecklenburg stammte. Er gehörte vermutlich zu jenen Mecklenburger Kaperfahrern, die im Konflikt um die Vorherrschaft in Skandinavien (1389–1395) gegen dänische Schiffe ausliefen. Nach dem von der Hanse vermittelten Frieden zwischen Mecklenburg und Dänemark begannen die Kaperer aber, auf eigene Rechnung zu rauben. Die Vitalienbrüder eroberten die Ostseeinsel Gotland als Seeräuberstützpunkt und beeinträchtigten mit ihren Beutefahrten die Schifffahrt in der Ostsee dermaßen, dass der Handelsverkehr fast zum Erliegen kam. Damit machten sie sich nicht nur die Hanse, sondern auch den Deutschen Orden zum Feind.

Der Deutsche Orden war ein Ritterbund, der sich der Missionierung der „heidnischen" Slawen verschrieben hatte. Er nahm große Gebiete im östlichen Ostseeraum – von Pommerellen bis nach Estland – in Besitz. Viele deutsche Siedler wurden in den eroberten Gebieten ansässig. 1398 landete ein großes Heer der Ordensritter auf Gotland und vertrieb die Vitalienbrüder. Ein Großteil der Seeräuber, darunter auch die Anführer Godeke Michels und Klaus Störtebeker, flohen daraufhin mit ihren Schiffen in die Nordsee.

Dort fanden sie Unterschlupf bei ostfriesischen Häuptlingen, denen sich die kampferprobten Piraten als Söldner andienten. Die Vitalienbrüder – oder „Likedeeler" („Gleichteiler"), wie man sie auch nannte – nahmen ihre Raubzüge gegen die Hansekauffahrer wieder auf und schädigten die Handelsschifffahrt in beträchtlichem Maße. Schließlich einigten sich die Hansestädte unter Führung von Hamburg auf kriegerische Einsätze gegen die Seeräuber. In einem ersten Schlag zerstörten sie die friesischen Verstecke der Vitalienbrüder und in einer Seeschlacht vor Helgoland wurden viele Piraten getötet oder gefangen genommen. Unter den Gefassten, die nach Hamburg gebracht wurden, war auch Klaus Störtebeker.

Vermutlich im Oktober 1400 wurden Störtebeker und zahlreiche seiner Männer auf dem Grasbrook, dem Hamburger Richtplatz, enthauptet. Ihre Köpfe wurden am Ufer der Elbe, gut sichtbar für alle ein- und auslaufenden Schiffe, auf Pfähle genagelt – zur Abschreckung und Mahnung.

Wirtschaftsraum der Hanse

NORWEGEN

Bergen

NORDSEE

DÄNEMARK

Helgoland

ENGLAND

London

Brügge

Osnabrück

Bremen

Hamburg

Lübeck

Rostock

Wismar

Lüneburg

Braunschweig

Dortmund

Köln

FRANKREICH

DEUTSCHES REICH

Renée Holler

Gefahr auf der Santa Maria

Illustrationen von Günther Jakobs

Sträflinge in der Stadt

„Wenn ich nur älter wäre", verkündete Juan seinem Freund Pedro, „würde ich bei Kolumbus anheuern." Tatendurstig betrachtete er die drei Segelschiffe, die im Hafen vor Anker lagen: die dickbäuchige Karacke Santa Maria und die beiden Karavellen Pinta und Niña. „Stell dir vor, was das für ein Abenteuer wäre, über den Ozean bis nach Indien zu segeln!"

Sein Freund Pedro nickte zustimmend, während er mit seinen Augen die kreischenden Möwen verfolgte, die die Masten der Schiffe umkreisten.

„Ich kann einfach nicht verstehen", fuhr der Zwölfjährige fort, „wieso der Admiral solche Schwierigkeiten hat, Matrosen anzuwerben. Ich wäre bei einer solchen Fahrt sofort dabei."

Ein leichter Wind, der nach Tang und Fischen roch, kam auf und vermischte sich mit dem scharfen Teergeruch im Hafen.

„Ich habe heute früh versucht, beim Bootsmann der Santa Maria anzuheuern", gestand Pedro. Er setzte sich auf einen Holzsteg und ließ seine nackten Füße ins warme Wasser des Rio Tinto baumeln.

„Was?" Juan hockte sich neben seinen Freund. „Warum hast du mir das nicht gleich gesagt?"

Pedro grinste verlegen und fuhr sich durch die dunklen Locken. „Na, weil der Mann nur gelacht hat und meinte, ich solle wieder kommen, wenn ich nicht mehr grün hinter den Ohren sei."

Schon seit Wochen sprach man in Palos von nichts anderem als von Christoph Kolumbus, dem Seefahrer aus Genua, und seinen ungeheuerlichen Plänen, einen Seeweg nach Indien zu finden, indem er statt nach Osten nach Westen segelte. Bereits im April hatten Königin Isabella und König Ferdinand die Bewohner der kleinen Hafenstadt an der Mündung des Rio Tinto angewiesen, drei Schiffe für die Expedition auszurüsten. In dem gewöhnlich so stillen Hafen herrschte seitdem Hochbetrieb.

Von dem Holzsteg, auf dem die beiden Jungen saßen, bot sich ein einmaliger Blick über das geschäftige Treiben an Land und auf den Schiffen. Da wurden Segel geflickt und Planken gebohnert. Es wurde gehämmert, gebohrt und gesägt, morsches Holz ausgebessert, brüchige Taue wurden durch neue ersetzt. Die Flotte musste seetüchtig gemacht werden, denn auf der weiten Fahrt über den unbekannten Ozean würde sie den mächtigsten Stürmen trotzen müssen.

„Das ist unzumutbar!", übertönte eine durchdringende Stimme plötzlich das Hämmern und Klopfen. Sie gehörte einem großen Mann mit Adlernase, der gerade die Planken der Pinta inspizierte. „Da klaffen ja immer noch riesige Löcher. Das Schiff wird schon am Meeresgrund liegen, bevor wir überhaupt in See stechen. Und wo, Señor Pinzón", fügte er wütend hinzu, „sind überhaupt die Arbeiter?"

„Ich bin mir nicht sicher, Admiral", erwiderte der Mann, der mit Kolumbus die Schiffe begutachtete. „Doch sobald die Kalfaterer mit der Niña fertig sind, können sie auch die Pinta verpechen."

„Was ist denn passiert?", flüsterte Juan seinem Freund zu.

„Die Kalfaterer der Pinta sind seit gestern spurlos verschwunden", klärte ihn Pedro auf. Da er jeden Tag in der Weinschänke seines Vaters helfen musste, hörte er stets die neuesten Gerüchte. „Angeblich steckt Señor Quintero, der Besitzer der Pinta, persönlich dahinter. Er soll die Kalfaterer weggeschickt haben, weil er nicht möchte, dass sein Schiff mit Kolumbus segelt. Er will nicht riskieren, es zu verlieren."

„Da bleibt ihm wohl nichts anderes übrig", stellte Juan trocken fest. „Einen königlichen Befehl muss man befolgen."

Plötzliche Hektik am Landungssteg zog die Aufmerksamkeit der Jungen auf sich. Eine Barkasse hatte angelegt und mehrere Soldaten trieben eine Gruppe von Männern aus dem Boot. Die Männer konnten nur unter großen Schwierigkeiten an Land klettern, da alle in schwere Eisenketten gelegt waren.

„Schneller", feuerte sie einer der Soldaten an, während er seine Peitsche auf den Rücken eines Gefangenen knallen ließ. „Wir haben nicht den ganzen Tag Zeit!"

„Mörder, Diebe und Gauner." Der alte Fischer, der dicht neben den Jungen sein Netz flickte, blickte ungehalten von der Arbeit auf. „Diese Galgenvögel kommen aus dem Gefängnis in Huelva", belehrte er Pedro und Juan. „Unsere Königin hat ein Dekret erlassen, weil niemand mit Kolumbus in See stechen will. Es heißt, dass Verbrecher, die bei diesem verrückten Seefahrer aus Genua anheuern, ihre Freiheit geschenkt bekommen. Ganz egal, was sie verbrochen haben." Kopfschüttelnd fuhr er fort, sein Netz zu flicken. „Doch wer will schon über den Ozean der Dunkelheit segeln? Für mich wäre da ein Kerker voller Ratten das kleinere Übel."

Mit klirrenden Ketten schlurften die Sträflinge im Gänsemarsch den Steg entlang, als einer der Männer, der einen struppigen Bart trug, plötzlich stehen blieb. Er beugte sich zu den Jungen hinab und starrte sie mit eisigem Blick an. „Was gafft ihr so?", fuhr er sie unfreundlich an. „Noch nie einen Sträfling gesehen?" Im nächsten Augenblick knallte die Peitsche und dem Schurken blieb nichts anderes übrig, als seinen Mitgefangenen die Straße hinunter Richtung Kerker zu folgen.

Juan schauderte. Trotz der Hitze lief es ihm eiskalt den Rücken hinab. Das mürrische Gesicht mit der langen Narbe, die quer über die rechte Wange lief, kam ihm bekannt vor. Doch er konnte sich beim besten Willen nicht erinnern, woher.

„Du bist nach dem Unterricht schon wieder am Hafen gewesen, statt gleich nach Hause zu kommen." Señora de Alva, Juans Mutter, rümpfte die Nase, als sich die Familie zum gemeinsamen Abendessen im Speisezimmer einfand.

„Ich ...", begann Juan, doch seine Mutter unterbrach ihn.

„Du brauchst mich gar nicht anzulügen. Ich kann es riechen."

„Der Hafen ist kein Ort für den Sohn eines Kaufmanns", ergänzte der Vater streng. „Da treibt sich alles mögliche Gesindel herum." Er setzte sich an den Tisch.

„Aber ..."

„Kein Aber. Ich verbiete dir ein für alle Mal, allein zum Hafen zu gehen. Du würdest deine Zeit besser damit verbringen, lateinische Vokabeln zu lernen."

Elena, Juans jüngere Schwester, streckte ihrem Bruder hinter dem Rücken des Vaters die Zunge heraus. Doch Señor de Alva hatte überall Augen.

„Und du, mein Fräulein", wandte er sich an das Mädchen, „brauchst gar nicht schadenfroh zu sein."

Die Dienstmagd begann, das Essen aufzutragen, und nach einem kurzen Tischgebet löffelten alle schweigend die Gemüsesuppe, die mit viel Knoblauch und Kräutern gewürzt war.

„Wie kommst du mit der Ausstattung der Schiffe voran?", erkundigte sich Señora de Alva nach einer Weile.

„Es ist immer noch viel zu tun", seufzte ihr Mann. „Admiral Kolumbus hat sich in den Kopf gesetzt, dass er in einer Woche lossegeln will. Wie wir das schaffen sollen, weiß ich nicht. Der Mann ist verrückt. Wenn du mich fragst, ist dieses Projekt von Anfang an zum Scheitern verurteilt. Die reinste ..."

„Verzeihung." Der Hausdiener hatte den Raum betreten und verbeugte sich. „Señor de Alva, ein Brief für Euch." Er reichte Juans Vater ein versiegeltes Schreiben.

„Ein Brief? Um diese Zeit? Wer hat ihn geschickt?"

„Ich weiß es nicht, gnädiger Herr. Jemand klopfte an die Tür und als ich öffnete, lag der Brief auf der Schwelle. Der Bote war nirgendwo zu sehen."

„Danke, José. Du kannst gehen." Der Vater brach das Siegel und faltete den Brief auseinander. Hastig überflog er das Schreiben.

„Alles in Ordnung?", fragte seine Frau, als sein Gesicht beim Lesen immer röter anlief.

„Jaja", antwortete er abwesend, während er das Papier zerriss und die Schnipsel hinter sich in den offenen Kamin warf. Danach verließ er wortlos den Raum.

Señora de Alva blickte ihm besorgt nach. „Irgendetwas ist geschehen", murmelte sie. „Sonst wäre er nicht so hastig aufgebrochen. Er hat noch nicht mal fertig gegessen." Sie stand auf und folgte ihrem Ehemann.

„Was meinst du, was in dem Brief stand?", wunderte sich Juan und begann, sich eine Apfelsine zu schälen.

Doch Elena beachtete ihn nicht. Stattdessen kniete sie sich hinter den Stuhl ihres Vaters. „Wie gut, dass es warm ist und kein Feuer brennt", murmelte sie, während sie sich am Kamin zu schaffen machte.

„Was?" Juan steckte sich einen Schnitz der saftigen Frucht in den Mund. Erst dann verstand er. Seine Schwester hatte die Papierstückchen aus der Feuerstelle geangelt.

Juan trat hinter sie und blickte über ihre Schulter. „Dieses Stück passt an dieses", meinte er, während er auf die Schnipsel deutete.

Was steht in dem Brief?

Ein Mörder auf freiem Fuß

„Der Ozean ist voller Gefahren", erklärte ein alter Mann, während er sein Glas mit einem Schluck leerte. „Da gibt es riesige Fische, die größer als ein Haus sind, und Ungeheuer, die Panzer auf dem Rücken tragen."

Zwar war es noch nicht Feierabend, doch eine Reihe von Hafenarbeitern, Matrosen und Fischern hatte sich trotzdem schon in der Weinschänke *La Bodega* eingefunden, um zu trinken, zu würfeln und zu plaudern. Juan, der dort nach Pedro Ausschau hielt, ließ seinen Blick über die Gäste schweifen. Er wollte seinem Freund unbedingt von dem geheimnisvollen Drohbrief berichten, den sein Vater am Abend zuvor erhalten hatte. Und obwohl Señor de Alva es ihm ausdrücklich verboten hatte, war er gleich nach Unterrichtsende vom Kloster zum Hafen geeilt. Doch Pedro war nirgendwo zu sehen.

„Wenn du immer weiter bis ans Ende des Ozeans segelst", fuhr der Alte fort, „kann es geschehen, dass dein Schiff über den Rand der Erde in einen tiefen Abgrund fällt. Dann sind Schiff und Mannschaft für immer verloren."

„Unsinn", fiel ihm ein junger Matrose ins Wort. „Jeder weiß doch längst, dass die Erde keine Scheibe ist, von der man hinunterfallen kann. Sie ist rund wie eine Apfelsine."

„Und was soll das nützen?" Einer der Würfelspieler vom Nachbartisch mischte sich in die Unterhaltung ein. „Auf der anderen Seite deiner Apfelsinenerde würden die Schiffe trotzdem in den Abgrund fallen." Er schüttelte den Würfelbecher heftig und ließ die Würfel auf den Tisch rollen.

„Selbst wenn es stimmt und die Erde tatsächlich rund ist", verkündete ein Mann, dessen wettergegerbtes Gesicht von unzähligen Linien durchzogen war, „würde ich niemals bei diesem verrückten Italiener anheuern. Der Mann ist ein Fantast und ein Träumer. Das Weltmeer ist viel zu groß, um es zu durchsegeln.

Es würde Jahre dauern, bis man in Indien ankommt. Und außerdem, wer segelt schon nach Westen, um nach Osten zu gelangen!"

„Genau meine Meinung", stimmte ihm der Würfelspieler zu. „Eine irrsinnige Theorie. Kolumbus hat ja nicht einmal Beweise, dass dieser Seeweg tatsächlich nach Indien führt."

„Hat er doch", verteidigte der junge Matrose den Admiral. „Da gibt es einen Mann namens Toscanelli, der hat eine Weltkarte gezeichnet."

„Toscanelli? Der ist auch Italiener. Die sind alle Spinner. Wie dieser Marco Polo, der angeblich in Cipango war und behauptet hat, dass dort die Dächer der Häuser aus purem Gold wären. Hirngespinste!"

„Königin Isabella denkt nicht, dass es sich um Hirngespinste handelt. Sonst hätte sie Kolumbus nie das Geld für diese Reise zur Verfügung gestellt." Der Matrose nahm einen Schluck Wein und strich sich mit dem Handrücken über den Mund. „Wartet nur, bis ich als reicher Mann von dieser Expedition zurückkehre." Dann blickte er in seinen leeren Becher und rief: „Catalina, mehr Wein!"

„Hola, Juan", erklang eine helle Frauenstimme direkt hinter dem Jungen. Es war Catalina, die nette Kellnerin. In der Hand hatte sie eine Karaffe.

„Guten Tag, Señorita Catalina", erwiderte Juan höflich. „Ist Pedro heute nicht in der Schänke?"

„Doch. Den habe ich gerade in den Keller geschickt, um ein neues Fass zu öffnen. Kann ich dir etwas bringen?", bot sie ihm freundlich an. „Einen Schluck Wasser, etwas Käse oder Oliven?"

„Nein danke. Ist es in Ordnung, wenn ich hier auf ihn warte?"

„Natürlich. Er kommt sowieso gleich wieder hoch." Und schon war die junge Frau unterwegs, um den Gästen Wein nachzuschenken.

„Was machst du denn hier?", wunderte sich Pedro, der tatsächlich kurz darauf aus dem Keller auftauchte.

„Können wir uns hier irgendwo ungestört unterhalten?", fragte ihn Juan gleich. „Mein Vater ..." Doch er kam nicht dazu, seinen Satz zu beenden.

Ein korpulenter Mann in kurzem Samtumhang und mit einer roten Kappe, die schief auf seinem Kopf saß, war in den Schankraum getreten, gefolgt von einem Soldaten in Rüstung, der eine Hellebarde hielt.

„Ich, der Alguacil von Palos", rief der dicke Mann, „erbitte die Aufmerksamkeit aller Anwesenden." Doch die Gäste unterhielten sich weiter, ohne den Mann zur Kenntnis zu nehmen.

„Ruhe!", brüllte er dieses Mal lauter, während der Soldat geräuschvoll mit der Hellebarde auf den Boden klopfte. Endlich begann das Gemurmel der Schänkengäste zu verstummen. Nur das Rollen eines Würfels auf der Tischplatte war noch zu hören.

„Gestern Abend ist ein Sträfling aus dem Stadtgefängnis entlaufen", verkündete der Alguacil, nachdem Ruhe eingetreten war. „Der Mann ist äußerst gefährlich. Er hat in Huelva einen Mord begangen."

„Hier ist er nicht", rülpste ein Matrose, der bereits zu viel getrunken hatte.

Der Alguacil beachtete ihn nicht. „Wer irgendwelche Hinweise hat, wo sich der Gesuchte verstecken könnte, muss sie mir augenblicklich mitteilen. Es ist eine Belohnung ausgeschrieben."

Pedro warf Juan einen vielsagenden Blick zu. „Ob das der Mann mit der Narbe im Gesicht war?", wisperte er. „Der war wirklich zum Fürchten." Dann fragte er laut: „Wie sieht der Mann denn aus?"

„Er ist mittelgroß, etwa 30 Jahre alt und hat lange dunkle Haare und einen Bart, obwohl er den vielleicht inzwischen abrasiert hat."

„Na, von dieser Sorte Halunken gibt es viele hier", lachte ein Fischer, während er mit ausgebreiteten Armen auf die Männer im Raum wies.

„Hat er vielleicht eine Narbe?", fragte Juan aufgeregt.

Der Alguacil schüttelte den Kopf. „Nein. Allerdings fehlt ihm der Mittelfinger an der rechten Hand."

„Wie ist er denn entkommen? Sind die Sträflinge

nicht mit Ketten gefesselt?", wunderte sich Catalina und strich eine dunkle Locke aus ihrem Gesicht.

„Gewöhnlich schon, doch der Mann hat vorgetäuscht, krank zu sein. Da haben wir ihn aus dem Kerker getragen und die Fesseln entfernt. Im nächsten Augenblick hatte er den Wächter bewusstlos geschlagen und war spurlos verschwunden."

„Und Ihr sagt, dass eine Belohnung ausgeschrieben wurde?", fragte ein Mann, der bisher stumm in einer Ecke gesessen hatte. „Also, ich glaube, ich weiß, wen Ihr sucht." Er kratzte sich grinsend an der Schläfe. „Alonso, einer der Schreiner im Hafen, der hat nur vier Finger. Hat gedacht, sein Finger sei eine Planke und hat ihn versehentlich abgesägt. Bekomme ich jetzt die Belohnung?"

„Wie soll es denn Alonso sein?", unterbrach ihn der alte Mann, der zuvor von den Seeungeheuern gesprochen hatte. „Der hat Palos nie verlassen. Señor Diego dagegen, ein Sklavenhändler aus Cadiz, kam erst heute in Palos an. Ob ihm allerdings ein Finger fehlt, kann ich nicht sagen."

„Dem Schlachter Rodriguez fehlt ein Daumen", meldete sich der Mann mit dem zerfurchten Gesicht zu Wort.

„Habt ihr denn alle nur Stroh im Kopf?", fuhr der

Alguacil die Männer an. „Ich habe doch gesagt, dass es einer der Sträflinge ist, die gestern hier angekommen sind." Er blickte sich im Raum um. „Dass dem Schlachter ein Daumen fehlt, interessiert mich nicht!"

„Wir versuchen ja nur zu helfen", mischte sich der Würfelspieler beschwichtigend ein. „Doch Ihr seht ja selbst, dass hier wirklich niemand Luis de Cabra gesehen hat. Versucht es doch mal in der Kneipe nebenan. Vielleicht ist der Sträfling dort jemandem über den Weg gelaufen." Er griff nach seinem Becher und nahm einen tiefen Schluck.

Der Alguacil blickte ernst von einem Gast zum anderen. „Sollte jemandem doch noch etwas einfallen", meinte er schließlich, „dann soll er sich unverzüglich bei mir melden." Danach drehte er sich um und verließ die Schänke. Der Soldat marschierte stumm hinterher.

„Schnell, wir müssen ihm nach", zischte Pedro seinem Freund zu.

„Warte doch." Juan hielt ihn am Ärmel zurück. „Ich muss dir erst von dem Drohbrief berichten."

„Dazu haben wir jetzt keine Zeit", meinte der Junge ernst. „Der Alguacil geht vor."

„Der Alguacil? Warum?" Juan verstand nicht.

„Hast du es denn nicht bemerkt?" Pedro blickte seinen Freund verwundert an. „Einer der Männer hier kennt den Mörder! Und ich weiß, welcher."

 Was ist Pedro aufgefallen?

Auf heißer Spur

„Und wo soll der Mann bitte sein?", fragte der Alguacil ungehalten, als die Jungen ihn kurz darauf zurück in die Schänke geholt hatten.

„Vor einem Augenblick saß er noch am Tisch mit den anderen Würfelspielern."

„Und jetzt?" Der Mann blickte sich verärgert um.

„Er ist verschwunden", gab Pedro kleinlaut zu.

„Ich habe keine Zeit für diesen Unfug." Wütend schritt der Alguacil auf die Tür zu.

„Warten Sie", hielt ihn Catalina zurück, die ihre Unterhaltung mitbekommen hatte. „Die beiden haben recht. Da war noch ein Mann. Allerdings hat er gleich nach Euch und den Jungen die Schänke verlassen."

„Wisst Ihr, wer es war?"

Die junge Frau schüttelte den Kopf. „Es war keiner unserer Stammkunden. Er war heute zum ersten Mal hier."

„Er hat sich als Sanchez vorgestellt", mischte sich einer der Gäste ein. „Das ist alles, was wir von ihm wissen."

„Außer dass er ein verdammt guter Würfelspieler ist", grinste ein anderer. „Hat ständig gewonnen."

Der Alguacil runzelte die Stirn. „Ich werde der Sache nachgehen", verkündete er. „Obwohl ich nicht glaube, dass dies zu etwas führen wird." Er warf den beiden Jungen einen missbilligenden Blick zu.

„Woher wusste der Mann dann, dass der Sträfling Luis de Cabra heißt?", wandte Pedro ein. „Ihr habt den Namen hier in der Schänke ganz bestimmt nicht erwähnt!"

„Vermutlich hat er ihn irgendwo im Hafenviertel aufgeschnappt. Solche Ereignisse sprechen sich schnell herum."

„Wichtigtuer", murmelte Catalina, nachdem der Alguacil die Schänke verlassen hatte, und machte sich hinterm Tresen zu schaffen.

Endlich hatte Juan Gelegenheit, seinem Freund von dem Drohbrief zu berichten. „Pedro", setzte er an, „können wir nach draußen gehen? Ich muss dir unbedingt erzählen, was bei mir zu Hause passiert ist."

„Eigentlich soll ich Catalina helfen." Der Junge blickte sich in der Schänke um. „Aber die schafft das sicher auch alleine." Dann folgte er Juan auf die Hafenstraße hinaus.

Auf dem Uferdamm war immer noch viel los. Die Schiffszimmerleute, die dort ihre provisorische Werkstatt errichtet hatten, waren gerade dabei, Sägen, Hobel und Hämmer aufzuräumen. Einer der Lehrjungen tanzte singend um sie herum, während er mit einem Besen die verstreuten Sägespäne aufkehrte. Es war kurz vor Feierabend und noch dazu morgen Sonntag, da durfte man guter Stimmung sein.

„Und?", fragte Pedro interessiert, nachdem sie sich auf eine Taurolle gehockt hatten.

„Gestern Abend ...", begann Juan, doch schon wieder wurde er unterbrochen.

Pedro deutete aufgeregt in Richtung Uferstraße. Der verdächtige Würfelspieler, der angeblich Sanchez

hieß, eilte dort im Schatten der Häuser entlang. „Ich möchte wetten, der kennt nicht nur den Namen des entlaufenen Sträflings, sondern weiß auch genau, wo sich dieser versteckt! Vermutlich ist er sogar gerade unterwegs zu ihm."

„Wir müssen den Alguacil holen", schlug Juan vor. „Der ist bestimmt noch irgendwo im Hafen."

„Bis wir den finden, ist der Mann längst über alle Berge", entgegnete sein Freund bestimmt. „Nein, wir müssen selbst hinterher."

Juan musterte die Sonne, die bereits tief am Himmel stand und den Rio Tinto in ein rotgoldenes Licht tauchte. „Aber ich muss rechtzeitig zum Abendessen zu Hause sein", protestierte er schwach. „Und es ist schon spät."

„Ach, komm schon. Sei kein Spielverderber. Denk mal nach: Falls uns dieser Sanchez tatsächlich zum Versteck des entlaufenen Sträflings führt, brauchen

wir anschließend nur den Alguacil dorthin zu schicken, um den Mörder zu verhaften. Und wir", Pedro grinste übers ganze Gesicht, „stecken die Belohnung ein."

Dem konnte selbst Juan nicht widerstehen. „Worauf warten wir noch?", meinte er und lief los.

Sanchez hatte inzwischen den Abschnitt der Uferstraße erreicht, wo mehrere Seitenstraßen rechts vom Hafen wegführten. Hier lagen Herbergen, Werkstätten und Lagerhäuser dicht nebeneinander. Ohne sich umzusehen, bog er in eine der Straßen ein und schritt zügig weiter. Die beiden Jungen schlichen in gebührendem Abstand hinterher. Dann, nach einer kurzen Strecke, zweigte er links ab. Mehrere Stufen führten zu einer schmalen Gasse hoch, die so eng war, dass man, wenn man die Arme ausstreckte, die Hauswände auf beiden Seiten berühren konnte. Es roch widerlich nach verfaultem Abfall und die Jungen mussten sich ihre Nasen zuhalten. Eine dicke Ratte huschte quer über die Gasse und verschwand in einem Loch in der gegenüberliegenden Hauswand. Gleich daneben zankten sich mehrere Katzen laut fauchend um einen alten Fischkopf. Juan ließ sich nur einen Augenblick davon ablenken und als er wieder aufsah, war Sanchez verschwunden.

„Er ist dort hinein", flüsterte Pedro. Er deutete auf eine Holztür, von der alle Farbe abgeblättert war.

Die Jungen musterten das halb verfallene Haus, aus dem statt einem Dach verkohlte Balken in den Himmel ragten. Gleich neben der Tür war ein Fenster. Wenn sie sich auf Zehenspitzen stellten, würden sie es gerade schaffen, über das Sims zu spähen. Zwar waren die Scheiben blind vor Schmutz, doch durch das zackige Loch in der Mitte konnte man in den Raum blicken.

Enttäuscht mussten sie allerdings feststellen, dass die Kammer leer war. Dann plötzlich waren gedämpfte Stimmen zu vernehmen, die sich langsam näherten. Im nächsten Augenblick betrat Sanchez die Kammer, gefolgt von einem großen, schlanken Mann, dem, wie Juan gleich bemerkte, der Mittelfinger der rechten Hand fehlte. Sanchez hatte sie tatsächlich zum Versteck des Sträflings geführt!

„Das war doch wohl zu erwarten", meinte Luis de Cabra, „dass man nach mir suchen würde. Solange du jedoch deine Zunge im Zaum hältst, wird mich hier in dieser Ruine niemand finden." Er rückte einen Schemel zurecht und hockte sich an den Tisch. „Hast du mir was zu essen mitgebracht?"

Sanchez zog wortlos einen Laib Brot und ein Stück Käse unter seinem Wams hervor.

Luis de Cabra brach gierig ein Stück Brot ab und stopfte es in den Mund. Dann deutete er auf den Tisch. „Wenn ich mit dem Essen fertig bin, können wir zum Geschäftlichen übergehen." Genussvoll biss er in den Käse und leckte sich die Lippen. „Die Tage, lieber

Sanchez, die wir in baufälligen Häusern bei Brot und Käse verbringen, sind gezählt. Bald werden wir wie die feinen Herren leben. Mit Weinkellern, Koch und Festgelagen."

„Darauf kannst du Gift nehmen", grinste der andere. „Was für ein Glück, dass du diesen Mann im Gefängnis kennengelernt hast. Ohne den hätten wir keine dieser wertvollen Informationen." Dann verbeugte er sich grinsend vor dem Sträfling, während er einen imaginären Hut lüftete. „Haben Euer Gnaden den Brief bereits fertiggestellt?"

Luis schüttelte kauend den Kopf. „Ich habe gerade erst angefangen. Es ist nicht so einfach, die richtigen Worte zu finden."

„Wenn du so weit bist", meinte Sanchez, „werde ich das Schreiben sofort überbringen." Er griff nach einem Krug, der auf dem Tisch stand, und schenkte sich einen Becher ein.

In genau diesem Augenblick machte Juan eine Entdeckung. Er traute seinen Augen nicht.

Gleichzeitig begann Pedro neben ihm zu zappeln und mit seinen Händen wie wild hin und her zu wedeln. Eine riesige Hornisse umschwirrte seinen Kopf. Immer angriffslustiger raste sie auf ihn zu. In Panik holte er aus, um nach dem Insekt zu schlagen. Doch

er verfehlte es, stattdessen donnerte seine Hand laut klirrend auf den Fensterrahmen.

„Schnell weg von hier!", zischte er. „Bevor sie uns erwischen."

Die beiden Jungen rannten die Gasse entlang. Erst als sie den geschäftigen Hafen erreichten, wagten sie anzuhalten, um zu verschnaufen.

„Der Sträfling", keuchte Juan atemlos, „ist derselbe Mann, der meinem Vater den Drohbrief geschrieben hat."

„Welchen Drohbrief?", wunderte sich Pedro. „Ich weiß nicht, wovon du sprichst."

„Du lässt mich ja nie ausreden, sonst hätte ich dir längst alles erzählt", beschwerte sich Juan. Und dann berichtete er seinem Freund endlich von dem geheimnisvollen Brief.

„Das ist ja äußerst interessant", stellte Pedro fest. „Doch ich verstehe immer noch nicht, wieso du denkst, der entlaufene Sträfling und sein Komplize hätten etwas mit dem Brief an deinen Vater zu tun."

„Doch", erwiderte Juan, „da bin ich mir ganz sicher."

Was hat Juan in der Kammer entdeckt?

Geheimauftrag

„Es ist nicht zu fassen!", brüllte Señor de Alva, dessen Gesicht rot vor Zorn war. „Habe ich dir nicht ausdrücklich verboten, zum Hafen zu gehen? Doch du widersetzt dich nicht nur meinem Verbot, du gehst noch dazu auf Verbrecherjagd und führst obendrein den Alguacil an der Nase herum. Was habt ihr euch eigentlich dabei gedacht, ihn und seine Wachmänner zu dieser leer stehenden Ruine zu rufen? Der Mann hat Wichtigeres zu tun."

„Aber", begann Juan sich zu verteidigen, „die beiden Verbrecher waren tatsächlich in dem Haus. Vermutlich sind sie abgehauen, als sie die klirrende Scheibe hörten."

„Schweig!", rief der Vater. „Ich will nichts mehr davon hören. Als Strafe", fuhr er fort, „gehst du jetzt sofort ohne Abendessen ins Bett und wirst auch morgen den ganzen Tag in deinem Zimmer bleiben."

„Aber es ist Sonntag", wandte der Junge leise ein.

„Ruhe!", fuhr ihn Señor de Alva nochmals an und schlug wütend die Tür hinter sich zu. Juan hörte, wie er von außen abschloss.

Wenig später lag Juan mit knurrendem Magen auf

seinem Bett, zu hungrig und aufgewühlt, um zu schlafen. Da bemerkte er im Treppenhaus leise Schritte. Gleich darauf drehte sich der Schlüssel im Schloss, die Klinke wurde nach unten gedrückt, und die Tür öffnete sich.

„Elena!" Erfreut begrüßte er seine jüngere Schwester, die mit einem Tablett im Türrahmen stand.

„Der Eintopf ist zwar nicht mehr warm", flüsterte sie, während sie einen Teller, etwas Brot und einen Becher Milch vorsichtig auf Juans Nachttisch abstellte, „doch kalte Kichererbsen sind besser als gar nichts."

„Schwesterherz, du bist einmalig", lobte sie der Junge und stürzte sich auf das verspätete Mahl.

„Vater hat wieder einen Brief bekommen." Elena setzte sich neben ihren Bruder aufs Bett.

„Da haben sie sich aber beeilt", murmelte Juan, während er den Eintopf löffelte.

„Wer hat sich beeilt?"

„Ich weiß, wer die Drohbriefe schreibt", erklärte der Junge ernst. „Sie stammen von dem entlaufenen Sträfling!"

Elena starrte ihren Bruder mit großen Augen an. „Hast du das Vater gesagt?"

Er schüttelte den Kopf. „Ich habe mich nicht getraut."

„Und dem Alguacil?"

„Natürlich nicht. Wir wissen doch nicht, was Vater getan hat. Was, wenn er gegen das Gesetz verstoßen hat? Da können wir ihm doch nicht den Alguacil auf den Hals hetzen. Wir wollen doch nicht, dass er im Gefängnis landet."

„Vater? Jetzt spinnst du." Elena schüttelte ungläubig den Kopf.

„Und wieso drohen die Verbrecher ihm dann, dass sie nur schweigen, wenn er zahlt? Das bedeutet doch, dass er etwas zu verbergen hat."

„Du hast ja recht", gab Elena zu. „Wir sollten herausfinden, was in dem zweiten Brief steht. Vielleicht können wir Vater dann aus der Patsche helfen."

„Hast du ihn denn nicht gelesen?"

Das Mädchen schüttelte den Kopf. „Nein. Dieses Mal war es nicht so einfach wie beim ersten Brief. Vater hat ihn in der Truhe abgelegt, in der er seine wichtigen Dokumente aufbewahrt. Danach hat er sie abgeschlossen." Sie seufzte. „Und an den Schlüssel kommen wir nie ran. Du weißt ja, dass Vater ihn stets mit sich herumträgt."

„Es gäbe da schon eine Möglichkeit", überlegte Juan. „Wir müssten uns nur den Zweitschlüssel besorgen."

„Welchen Zweitschlüssel?"

„Den im Kloster. Ich war dabei, als Vater einmal Kopien aller seiner Schlüssel dorthin gebracht hat, damit Pater Marco sie für ihn aufbewahrt."

Elena blickte ihn verwundert an.

„Als Absicherung", fügte der Junge erklärend hinzu. „Falls er einen verliert."

„Ach so. Aber das bringt uns auch nicht weiter", meinte das Mädchen resigniert.

„Doch", entgegnete Juan triumphierend. „Ich kann den Schlüssel holen, wenn ich morgen zum Unterricht ins Kloster gehe!"

„Morgen ist Sonntag. Da ist kein Unterricht – und du wirst sowieso den ganzen Tag in deinem Zimmer verbringen. Hast du schon vergessen, dass du unter Hausarrest stehst?" Sie dachte angestrengt nach. „Ich könnte ins Kloster gehen."

Juan schüttelte den Kopf. „Auf keinen Fall. Das wäre zu riskant. Außerdem bin ich mir nicht sicher, ob die Mönche Mädchen überhaupt einlassen. Nein, Pedro kann das für uns erledigen."

„Und wie willst du ihm Bescheid geben?"

„Das ist einfach. Du überbringst ihm morgen früh in der Kirche eine Nachricht. Richte ihm aus, dass er mittags während der Siesta hier vorbeikommen soll."

Die Straßen von Palos lagen wie ausgestorben in der grellen Mittagshitze, als Pedro am nächsten Tag vor dem Haus der de Alvas eintraf. Jedermann hatte sich zur Siesta in die kühlen Schlafzimmer zurückgezogen. Allerdings war Pedro nicht der Einzige, der keinen Mittagsschlaf hielt, auch Juan wartete bereits ungeduldig hinter halb geschlossenen Fensterläden. Sobald er seinen Freund unten auf der Straße pfeifen hörte, kam er auf den Balkon hinaus.

„Hola", begrüßte er ihn. „Danke, dass du gekommen bist."

„Keine Ursache", grinste Pedro. „Immer zu deinen Diensten. Doch Spaß beiseite, deine Schwester hat mich bereits kurz eingeweiht, worum es geht. Sie sagt, ich soll im Kloster einbrechen, um einen Schlüssel zu stehlen, damit ihr an die Truhe eures Vaters rankommt."

„Psst, leise", flüsterte Juan. „Jemand könnte uns hören. Elena hat mal wieder übertrieben, du sollst den Schlüssel nicht stehlen", berichtigte er Pedro. „Wir leihen ihn nur aus. Und du sollst auch nicht einbrechen, sondern gehst wie jeder andere Besucher durch die Pforte."

„Wieso sollte mich der Pförtner so einfach einlassen?"

„Weil du ihm sagst, dass du eine Nachricht von Señor Pinzón für Admiral Kolumbus hast, die du ihm persönlich überbringen sollst. Das ist der Trick. Da um diese Tageszeit alle anderen Mönche in der Kapelle zum Mittagsgebet versammelt sind, wird niemand da sein, um dich hinzuführen. Der Pförtner darf ja nicht von der Pforte weg und wird dich sicher allein ins Kloster lassen. Das ist für dich die Gelegenheit, ungestört nach dem Schlüssel zu suchen."

„Und wer sagt dir, dass sich Kolumbus tatsächlich im Kloster aufhält?"

„Weil er dort schon seit Monaten wohnt."

„Das weiß ich auch, doch wer garantiert uns, dass er nicht gerade am Hafen ist? Wäre das der Fall, würde mich der Pförtner bestimmt nicht einlassen!"

„Heute ist Sonntag. Da ist der Admiral nicht am Hafen. Da ruht er sich aus."

„Hm. Na gut. Und wo soll dieser Schlüssel sein?"

„Er wird in der Zelle von Pater Marco aufbewahrt. Dorthin gelangst du, wenn du von der Pforte immer geradeaus weitergehst, durch die Eingangshalle hindurch, wo links eine Tür in den Saal führt, in dem Kolumbus derzeit oft stundenlang mit Pater Juan Perez und den Gebrüdern Pinzón seine Reisepläne bespricht. Mach dir jedoch keine Sorgen: Um diese Tageszeit ist der Saal leer. Lass ihn einfach links liegen und gehe so lange geradeaus weiter, bis du durch einen Torbogen in einen Innenhof gelangst."

„Das kann ich mir nie merken", stöhnte Pedro.

„Macht nichts", beruhigte ihn sein Freund. „Ich habe eine Skizze für dich angefertigt. Da siehst du genau, wo es langgeht. Also, im Innenhof angekommen, gehst du zu dem Durchgang auf der gegenüberliegenden

Seite, der dich zum Kreuzgang bringt." Er hielt einen Augenblick inne. „Sei vorsichtig", warnte er. „Die Kapelle hat Ausgänge zum Hof und zum Kreuzgang hin. Die Mönche könnten dich sehen. Allerdings bieten die Säulen einen guten Sichtschutz. Wenn du im Kreuzgang rechts herumläufst, kommst du am Speisesaal vorbei. Das ist die dritte Tür auf der rechten Seite. Danach kommt links ums Eck eine Reihe von Zellen. Die von Pater Marco ist die dritte von rechts, dem Kapelleneingang genau gegenüber."

„Hast du sie auf dem Plan markiert?"

„Ich bin gerade dabei. Ich muss mir nur schnell eine Feder holen." Juan wollte gerade zurück ins Zimmer gehen, als er plötzlich lauschend innehielt.

„So ein Mist! Jemand kommt. Ich kann schon den Schlüssel im Schloss hören." Hastig warf er die Zeichnung auf die Straße hinab und verschwand durch die Balkontür. Kurz darauf erklang von drinnen deutlich Señor de Alvas Stimme.

Pedro griff schnell nach dem Blatt und rannte um die nächste Ecke. Erst als er außer Sichtweite war, blieb er stehen, um Juans Plan genauer zu betrachten.

„Oje", seufzte er. „Jetzt hat er keine Zeit mehr gehabt, die Zelle zu markieren." Angestrengt versuchte er, sich an Juans Beschreibung zu erinnern.

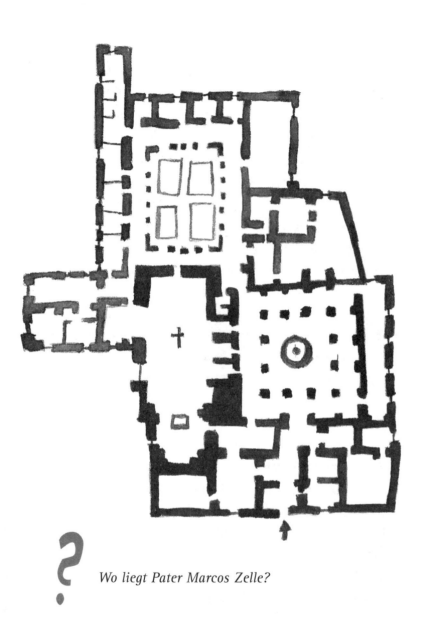

Wo liegt Pater Marcos Zelle?

Heimlich im Kloster

Das Kloster Santa Maria de la Rabida lag ein Stück südwestlich von Palos. Zwar waren es nur knapp zwei Meilen, doch in der Mittagshitze würde es auf der Landstraße unerträglich sein. Bevor er die Gassen der Stadt hinter sich ließ, hielt Pedro deswegen an einem der Brunnen an, um sich zu erfrischen. Er trank ausgiebig und spritzte sich das kühle Wasser ins Gesicht. Da hörte er hinter sich plötzlich eilige Schritte. Hatte Señor de Alva etwa herausgefunden, dass er seinen Truhenschlüssel aus dem Kloster holen wollte? Pedro drehte sich um.

Doch es war nicht Señor de Alva, der sich näherte, sondern Elena.

„Gut, dass ich dich noch erwische", keuchte sie atemlos.

„Was ist los?", wunderte sich der Junge, während er Wassertropfen aus Gesicht und Haaren schüttelte.

„Juan wollte dir noch sagen, dass Pater Marco auch die Schlüssel von anderen Leuten aufbewahrt. Die Schlüssel sind alle gekennzeichnet, allerdings nicht mit den Namen der Besitzer, sondern mit Nummern."

„Und wie lautet die Nummer des Truhenschlüssels?"

„Keine Ahnung. Das hat Juan auch nicht gewusst. Allerdings hat er kürzlich ein Gespräch zwischen dem Pater und unserem Vater belauscht. Es soll ein Buch geben, in dem alle Schlüsselnummern aufgelistet sind. Juan vermutet, dass es sich in der Zelle befindet."

„Keine Sorge", versicherte Pedro. „Ich werde das schon schaffen. Bis später." Er trocknete sich die nassen Hände an der Hose ab und schlug den Weg Richtung Kloster ein.

Doch Elena machte keine Anstalten umzukehren. Stattdessen hüpfte sie neben dem Jungen her.

„Ich komme mit", erklärte sie.

„Das darfst du bestimmt nicht."

„Natürlich nicht. Doch solange niemand davon weiß, ist es egal. Im Augenblick denkt Vater, dass ich ein Nickerchen mache. Und bevor mich jemand vermisst, sind wir längst wieder zurück. Außerdem", fügte sie hinzu, „wirst du mich brauchen, um den richtigen Schlüssel zu finden."

Pedro musterte das Mädchen, das einen halben Kopf kleiner war als er, spöttisch. Dann zuckte er die Achseln. „Wenn du unbedingt willst", gab er schließlich nach, „aber wir müssen uns beeilen." Er schritt zügig weiter, Elena lief hinterher.

Bald hatten sie den Stadtrand erreicht, wo eine staubige Straße über die Hügel oberhalb des Flusses zum Kloster führte. Anfangs ging es quer durch Olivenhaine, doch die Landschaft wurde immer karger. Bald standen nur noch vereinzelte Pinien, unter denen Schafe und Ziegen an ausgetrockneten Sträuchern knabberten. Es roch würzig nach Rosmarin und Thymian.

„Wir werden verfolgt", stellte Elena nach einer Weile fest.

Pedro drehte sich um. „Du hast wohl einen Sonnenstich", meinte er, denn außer den weidenden Tieren war weit und breit nichts zu sehen.

„Doch", beharrte das Mädchen. „Da sind zwei Männer. Sie verfolgen uns schon, seit wir aus der Stadt sind. Erst habe ich mir nichts dabei gedacht, doch inzwischen finde ich es äußerst verdächtig. Sobald ich mich nach ihnen umschaue, verbergen sie sich hinter Gestrüpp oder Baumstämmen."

„Vermutlich handelt es sich nur um Schäfer", schlug Pedro vor.

„Nein." Elena war sich sicher. „Das sind bestimmt keine Schäfer. Denen wäre es doch egal, wenn wir sie sehen."

„Du hast zu viel Fantasie", meinte der Junge. „Wieso sollte uns denn jemand verfolgen? Ich weiß zwar, dass es auf Spaniens Straßen Räuber gibt, doch die suchen sich normalerweise reiche Opfer. Keine Kinder."

„Vielleicht hast du recht", gab Elena zu. „Womöglich hat mir die Sonne einen Streich gespielt." Sie liefen weiter und die beiden geheimnisvollen Männer waren bald vergessen.

Auf der einen Seite konnte man nun unten das grüne Marschland sehen, wo der Rio Tinto Richtung Meer floss, auf der anderen in der Ferne die Küste, wo der weite Ozean wie ein riesiger Spiegel glitzerte. Nur noch ein kurzes Stück den Weg hinauf, und sie standen vor der Klosterpforte. Pedro klopfte an.

Schlurfende Schritte näherten sich. Ein Riegel wurde auf die Seite geschoben, die Tür geöffnet.

„Gott grüße euch." Ein vom Alter gebückter Mönch lächelte sie freundlich an. „Kann ich euch helfen?"

Mit klopfendem Herzen begann Pedro zu erklären, dass er eine wichtige Nachricht für Kolumbus hätte, die er unbedingt persönlich überbringen müsse. Doch der Junge sorgte sich umsonst, denn der Mönch bezweifelte den Vorwand keinen Augenblick. Ohne weitere Fragen ließ er die Kinder eintreten. Auch gegen Elena hatte er nichts einzuwenden, was möglicherweise damit zusammenhing, dass der Alte sehr kurzsichtig war.

„Der Admiral ist in der Bibliothek", teilte er den Kindern mit. „Dummerweise ist gerade niemand da, um euch dorthin zu führen, doch ihr findet den Weg sicher auch alleine." Dann begann der Mönch ausführlich zu erklären, wie man zur Klosterbibliothek kam. Pedro nickte, ohne zuzuhören. Er wusste, wo Pater Marcos Zelle lag, wo die Bibliothek war, interessierte ihn nicht.

Wenig später traten die beiden Kinder durch einen Torbogen hinaus auf den Innenhof des Klosters. Obwohl auch hier die Sonne auf die Bodenfliesen brannte, war es unter den schattigen Arkaden angenehm kühl. Aus einer Tür zu ihrer Linken drang der Gesang der Mönche. Pedro und Elena eilten im Schutz der Säulen weiter. Da erklang dicht hinter ihnen eine helle Stimme.

„Kann ich euch helfen?" Ein Junge, kaum älter als Pedro, blickte sie neugierig an.

Pedro fehlten die Worte. Damit hatte er nicht gerechnet.

Elena dagegen reagierte blitzschnell. „Mein Vater, Señor de Alva, schickt uns", log sie. „Wir haben eine Nachricht für Pater Marco."

„Der Pater ist in der Messe", sagte der Junge.

„Ich weiß", antwortete Elena. „Der Pförtner hat gesagt, wir sollen in seiner Zelle warten."

„Da müsst ihr durch den Kreuzgang", erklärte der Junge. „Pater Marcos Zelle liegt auf der anderen Seite."

„Diego", kam eine tiefe Stimme aus dem Raum.

„Ich würde euch ja gerne zu der Zelle führen", murmelte er entschuldigend, „doch ich muss leider zurück in die Bibliothek. Mein Vater ruft mich." Er nickte ihnen zu und schlüpfte durch die Tür, durch die er einen Augenblick zuvor aufgetaucht war.

„Das war Diego, der Sohn von Kolumbus", flüsterte Elena ehrfürchtig.

„Ich weiß. Doch komm, wir müssen uns beeilen, bevor es zu spät ist und die Mönche aus der Kapelle zurückkommen."

Kurz darauf standen sie vor Pater Marcos Zelle, dessen Tür nur angelehnt war. Vorsichtig schlichen sie in den Raum. Dort standen lediglich eine Pritsche und ein Betschemel. An der Wand hing ein schlichtes Holzkreuz. Die Schlüssel hatten sie gleich gefunden. Sie hingen an nummerierten Haken, ordentlich nebeneinander, in einer Nische.

„Und wo ist die Liste?" Pedro sah sich suchend um.

Elena kniete sich auf den Boden, um unter der

Pritsche nachzusehen. Tatsächlich zog sie kurz darauf ein winziges Buch hervor. Sie begann, darin zu blättern, während sie gleichzeitig mit ihrem Zeigefinger die Zeilen entlangfuhr. Dann hielt sie inne.

„Hier ist sie", flüsterte sie, „die Nummer von Vaters Truhenschlüssel." Sie hielt das Buch hoch und deutete auf ein Kästchen, in dem mehrere Ziffern standen.

„Ich verstehe nicht." Pedro betrachtete die Eintragung stirnrunzelnd. „6, 1, 8 ... Hast du eine Ahnung, welche dieser Zahlen die richtige ist?"

„Ja, es ist die fehlende Zahl in der Mitte."

„Die fehlende Zahl?" Pedro starrte sie verwundert an. „Und woher willst du das so genau wissen?"

„Juan", erklärte Elena, „hat gehört, dass Pater Marco die Zahlen in Zauberquadraten verschlüsselt."

„Und wie sollen wir die Zahl herausfinden?"

„Wir können es ausrechnen", fuhr Elena fort. „Er hat mir genau erklärt, wie es geht. Es ist nicht schwer, denn in einem Zauberquadrat müssen die Ziffern in jeder waagrechten und jeder senkrechten Reihe immer dieselbe Summe ergeben."

„Jetzt verstehe ich", unterbrach Pedro das Mädchen. „Wenn die Summe jeder Reihe immer dasselbe ergeben soll, dann gibt es für die fehlende Zahl nur eine Möglichkeit." Er begann zu rechnen.

Wie lautet die Nummer des Truhenschlüssels?

Hinterhalt

„Da sind die Männer wieder", murmelte Elena, als sie wenig später auf der Landstraße zurück nach Palos eilten. „Sie haben auf uns gewartet."

„Unsinn. Wieso sollte jemand auf uns warten?" Pedro glaubte dem Mädchen immer noch nicht, obwohl auch er die beiden Männer sah, die lässig am Stamm einer Pinie lehnten. Da es unter dem Baum schattig war, konnte er ihre Gesichter nicht gleich erkennen, doch dann schritten sie ins helle Sonnenlicht auf die Straße zu.

„Heilige Maria, stehe uns bei!", stieß der Junge hervor und es lief ihm trotz der Hitze kalt den Rücken hinab.

„Habe ich es dir nicht gesagt?", stellte Elena fest. „Mit den beiden Typen stimmt was nicht."

„Und ob." Pedro nickte ernst. „Das letzte Mal habe ich sie gestern in einem verfallenen Haus am Hafen gesehen."

„Was? Du kennst sie?" Elena machte große Augen.

„Kennen nicht gerade. Allerdings weiß ich, dass der kleine Dicke Sanchez heißt und dass der andere ein entlaufener Sträfling ist."

„Die beiden Männer, die meinem Vater die Drohbriefe geschrieben haben?"

„Genau."

„Was wollen die von uns?"

„Bestimmt nichts Gutes." Pedro überlegte einen Augenblick. „Wir müssen so schnell wie möglich zum Kloster zurück." Er machte kehrt und lief den Weg zurück. Elena rannte hinterher. Doch sie kamen nicht weit. Die beiden Verbrecher hatten sie blitzschnell eingeholt und stellten sich ihnen breitbeinig in den Weg, Sanchez einen dicken Ast drohend in der Hand.

„Na, wenn das nicht die kleine Señorita de Alva ist", grinste Luis de Cabra. „Genau dich suchen wir." Er packte Elenas Arm und drehte ihn auf ihren Rücken. Obwohl das Mädchen wie wild um sich trat, ließ der Mann nicht locker. Pedro wollte Elena helfen, doch Sanchez kam ihm zuvor. Alles, was der Junge noch

sah, war ein Holzknüppel, der durch die Luft sauste und auf ihn niederfuhr, danach explodierte ein Funkenregen in seinem Kopf und es wurde schwarz vor seinen Augen.

Als Pedro wieder zu sich kam, stand die Sonne bereits tief im Westen. Vorsichtig setzte er sich auf und rieb seinen schmerzenden Kopf. Er hatte eine dicke Beule an der Stirn, die sich feucht anfühlte. Pedro dachte angestrengt nach. Was war geschehen? Nur langsam fiel ihm alles wieder ein. Der Schlüssel! Hastig griff er nach dem Beutel an seinem Gürtel und spürte erleichtert das kühle Metall darin. Doch wo war Elena?

„Elena!", rief er und sprang auf. Keine Menschenseele weit und breit. Nur einige Ziegen, die am Wegrand standen, blickten ihn mit ausdruckslosen Augen an.

„So ein Mist", fluchte er laut. Was sollte er nur tun? Wohin hatten die Männer Elena verschleppt? Auf jeden Fall musste er als Erstes zu den de Alvas gehen. Doch was sollte er ihnen nur sagen? „Tut mir leid, Eure Tochter wurde auf der Landstraße von einem entlaufenen Sträfling verschleppt, kurz nachdem sie Euren Truhenschlüssel aus dem Kloster geklaut hat?" Señor de Alva würde sicher vor Wut rasen.

Bevor er sich auf den Heimweg machte, sah sich Pedro nochmals um, aber das Mädchen und ihre Entführer blieben spurlos verschwunden. Erst dann entdeckte er den zerknüllten Zettel, der im Staub der Landstraße lag. Neugierig griff er danach. Vielleicht war es Elena ja gelungen, ihm eine Botschaft zu hinterlassen. Doch auf dem Blatt standen nur merkwürdig angeordnete Buchstaben. Trotzdem steckte Pedro den Zettel in seinen Beutel. Man konnte nie wissen.

„Um Himmels willen!", rief Señora de Alva, als Pedro wenig später von dem Hausdiener in die Wohnstube der de Alvas geführt wurde. „Du blutest an der Stirn."

„Ist nicht so schlimm", erwiderte er. „Elena ...", begann er zögernd, während Señor und Señora de Alva ihn erwartungsvoll anblickten.

„Elena ...", fuhr er fort, doch es fehlten ihm die richtigen Worte.

„Elena?", wunderte sich Señor de Alva. „Ist die nicht in ihrem Zimmer?"

Pedro biss sich auf die Lippen, doch es blieb ihm nichts anderes übrig, als die Wahrheit zu berichten. „Elena wurde entführt", stieß er schließlich atemlos hervor.

„Entführt?", kam es einstimmig von Señor de Alva und seiner Frau, während Juan käsebleich wurde.

Pedro nickte. „Ja, von denselben Männern, die Euch die Drohbriefe geschrieben haben."

„Drohbriefe?" Señor de Alva starrte den Jungen fassungslos an. „Woher weißt du von den Drohbriefen?"

„Vater", meldete sich Juan leise, „Elena und ich ha-

ben am Freitag die Schnipsel wieder zusammengesetzt und den Brief gelesen."

„Ihr habt was?" Der Mann traute seinen Ohren nicht.

„Wir wussten, dass irgendetwas passiert war, und wollten herausfinden, was", erklärte Juan kleinlaut. „Und weil ich unter Hausarrest stehe, habe ich heute Pedro ins Kloster geschickt, um den Ersatzschlüssel zu deiner Truhe zu holen. Elena hat gesehen, dass du das zweite Schreiben dort reingelegt hast."

„Das ist ja unerhört!" Der Vater wurde rot im Gesicht.

„Wir wollten dir nur helfen", rechtfertigte sich der Junge. „Ich hatte ja keine Ahnung, dass Elena mit Pedro zum Kloster gehen würde und dass man sie dabei entführt. Das war nicht geplant."

„Soll das ein Scherz sein?" Señora de Alva verstand nicht. „Elena entführt? Und von welchen Drohbriefen sprecht ihr?"

„Ich wollte dich damit verschonen", erklärte Señor de Alva. „Erst dachte ich ohnehin, dass sich jemand nur einen Spaß erlaubt."

„Wer hat dich bedroht?" Die Stimme seiner Frau zitterte.

„Das weiß ich auch nicht so genau. Am Freitagabend erhielt ich den ersten Brief. Der Schreiber versuchte, mich zu erpressen. Er schrieb, dass er nur schweigen würde, wenn ich ihn bezahle. Mehr nicht. Dann kam gestern der zweite Brief. Ähnlich wie der erste Brief, nur dass der Schreiber dieses Mal 100 000 Maravédis verlangte. Gleichzeitig drohte er, dass, wenn ich dieser Forderung nicht nachkäme, er nicht nur sein Schweigen brechen, sondern meiner Familie etwas Schlimmes passieren würde." Er begann im Zimmer auf und ab zu gehen. „Ich habe nicht darauf reagiert, außer dass ich zu den Behörden gegangen bin, um eine alte Angelegenheit zu regeln."

Señora de Alva blickte ihn entsetzt an. „Welche Angelegenheit? Und was weiß dieser Verbrecher über dich, was 100 000 Maravédis wert sein könnte?"

„Ich habe nichts zu verbergen", versicherte Señor de Alva seiner Frau. „Allerdings gab es da doch eine kleine Episode, auf die sich diese Drohbriefe beziehen könnten."

„Und?" Sie blickte ihn mit tränenfeuchten Augen an.

„Vor etwa fünf Jahren", begann er, ohne die beiden Jungen zu beachten, die stumm dem Gespräch lauschten, „habe ich Gold von der Berberküste nach Spanien schmuggeln lassen. Doch das ist längst Vergangenheit. Die Behörden wissen nun Bescheid und ich habe die Steuern nachbezahlt."

„Und wer könnte noch von dem Schmuggel wissen?"

Señor de Alva überlegte. „Es gibt da nur einen Mann, der infrage käme, doch der hält sich längst nicht mehr in Palos auf. Soviel ich weiß, ging er nach Sevilla."

„Und wer ist dieser Mann?" Señora de Alva wollte es genau wissen.

„Gomez Bernal", antwortete ihr Mann. „Er arbeitete damals als Schreiber für mich. Als ich jedoch herausfand, dass er Geld hinterzog, habe ich ihn entlassen."

„Gomez Bernal? War das nicht der Mann, dem eine Narbe quer über die Wange lief?"

Señor de Alva nickte. „Genau der, meine Liebe."

Im nächsten Augenblick klopfte es an der Tür. Der Hausdiener betrat den Raum. „Entschuldigt, gnädiger Herr." Er verbeugte sich und reichte ihm einen Brief.

Wortlos brach Señor de Alva das Siegel und überflog das Schreiben.

„Sie haben Elena tatsächlich", erklärte er grimmig. „Dies ist eine Lösegeldforderung."

Señora de Alva öffnete den Mund und stieß einen schrillen Schrei aus. Danach sackte sie auf dem Stuhl zusammen, wo sie in Tränen ausbrach. „Estebán", schluchzte sie. „Tu doch etwas."

„Tomás", wandte sich Señor de Alva an den Diener, der immer noch stocksteif neben ihm stand. „Geh zum Alguacil. Der Mann soll hierherkommen. Und zwar schnell!"

„Ich weiß, wo sich Gomez Bernal aufhält", murmelte Juan leise. „Ich habe ihn erst kürzlich gesehen. Allerdings wird uns das auf der Suche nach Elena auch nicht weiterhelfen."

Wo hat Juan Gomez Bernal gesehen?

Ermittlungen im Gefängnis

Das Surren der Stechmücken war kaum auszuhalten. Wütend holte Juan mit der Hand aus und schlug in die Dunkelheit. Für einen kurzen Augenblick war es still, dann summte es wieder um seine Ohren. Unruhig warf er sich auf die andere Seite.

Es war bereits Montag, kurz vor Mitternacht, und seine Schwester war immer noch wie vom Erdboden verschluckt.

Wäre er doch nur selbst gleich ins Gefängnis gegangen, um Gomez Bernal zur Rede zu stellen, dann hätte man Elena vielleicht längst gefunden! Der Alguacil jedoch hatte erst die Stadt nach dem Mädchen durchsuchen lassen, bevor er sich endlich am Montagmittag dazu entschloss, den Sträfling zu verhören. Zu diesem Zeitpunkt allerdings war es bereits zu spät. Bernal war kurz vorher entlassen worden, da er vorgegeben hatte, bei Kolumbus anzuheuern. Inzwischen war er natürlich über alle Berge.

Ein leises Klirren ließ Juan aufhorchen. Er setzte sich auf und lauschte. Da war es wieder, fast als ob jemand Steine an die Fensterläden werfen würde. Dann konnte man ein leises Pfeifen hören. Und wieder rasselten Steinchen, dieses Mal eine ganze Handvoll. Neugierig stieg er aus dem Bett, schlüpfte in Hemd und Hose und öffnete die Läden einen Spalt.

„Na endlich!", kam Pedros Stimme leise von unten. „Ich dachte schon, du hörst mich überhaupt nicht mehr."

„Was willst du um diese Zeit?", wunderte sich Juan, der hinaus auf den Balkon getreten war.

„Wir müssen sofort zum Stadtgefängnis", verkündete Pedro.

„Wozu?" Juan verstand nicht. „Gomez Bernal ist nicht mehr dort. Er wurde entlassen."

„Ich weiß", erwiderte sein Freund. „Doch ich habe eine heiße Spur, die uns möglicherweise zu deiner Schwester führen könnte. Hier, fang auf!" Mit Schwung warf er ein aufgerolltes Seil nach oben. „Knote es am Geländer fest und klettere nach unten."

„Bist du jetzt völlig übergeschnappt?"

Pedro schüttelte den Kopf. „Garcia, der Verlobte unserer Kellnerin, ist Gefängnisaufseher. Catalina hat mir erzählt, dass er heute einen Zettel gefunden hat, der vermutlich heimlich ins Gefängnis geschmuggelt wurde."

„Und was hat das mit Elena zu tun?"

„Na, denk doch mal nach. Falls Gomez Bernal tatsächlich etwas mit dem Fall zu tun hat, könnte es doch gut sein, dass ihm seine beiden Komplizen eine Nachricht geschickt haben. Beispielsweise, wo sie sich treffen sollen, wenn er aus dem Gefängnis kommt, oder vielleicht sogar, wo sie Elena versteckt halten."

„Höchst unwahrscheinlich", zweifelte Juan. „Warum sollten die Entführer dem Mann eine Nachricht überbringen, die jeder lesen kann? Da wären sie doch ganz schön dumm."

„Na gut. Doch Bernal hat die Nachricht sicher nicht absichtlich verloren. Wir sollten es auf alle Fälle überprüfen."

„Meinetwegen", gab Juan schließlich nach, während er das Seil mit einem doppelten Knoten am Geländer befestigte. „Ich muss nur meine Schuhe anziehen." Kurz darauf rutschte er auf die dunkle Straße hinab.

Das Stadtgefängnis, ein düsteres, fensterloses Gebäude, das dicht neben der Stadtmauer stand, war nicht weit. Das Tor war verschlossen und niemand weit und breit zu sehen. Pedro klopfte an. Schon kurz darauf wurde eine kleine Klappe, die im Tor eingelassen war, auf die Seite geschoben und ein Paar strenge Augen mit buschigen Brauen erschien.

„Was wollt ihr?", fragte der Wärter schroff.
„Wir sind Freunde von Garcia und müssen ihn sprechen."
„Ist es nicht längst Schlafenszeit für euch?", brummte der Mann, während er die Jungen durch das Guckloch musterte.

„Catalina schickt uns mit einer Nachricht."

„Catalina?" Die Stimme des Mannes wurde freundlicher. „Die kann es wohl nicht erwarten, bis ihr Schatz seine Schicht beendet hat." Dann hörte man, wie ein Riegel auf die Seite geschoben wurde. „Na, da will ich mal eine Ausnahme machen. Catalina zuliebe."

Das Tor schwang auf, und der Wachmann ließ die beiden Jungen mit einem breiten Grinsen eintreten. „Eigentlich darf ich das ja nicht, doch was soll's." Er verschloss das Tor hinter den Jungen. „Geradeaus, die Stiegen hinunter. Ihr könnt Garcia nicht verfehlen. Seine Wachstube liegt gleich vor dem Gang, der zu den Zellen führt."

Die Jungen bedankten sich und begannen, die Steintreppe, die nur am oberen Ende von einer Fackel erleuchtet war, in die Tiefe zu steigen.

„Autsch!" Juan rieb sich das Hinterteil. Er war gleich nach dem ersten Schritt auf den schmierigen Stufen ausgerutscht. Wenigstens war es nicht weit und sie hatten den Wachraum bald erreicht. Garcia hockte dort im Lampenschein auf einem Stuhl, die Beine lässig auf dem Tisch. Als er die Jungen sah, stand er auf.

„Hola, Pedro", begrüßte er ihn. „Und das ist sicher der junge Señor de Alva." Er nickte Juan freundlich zu. „Was führt euch zu mir? Doch lasst mich raten.

Meine Catalina hat euch von dem Zettel in der Zelle erzählt."

Pedro nickte. „Hast du ihn noch?"

„Natürlich", erwiderte Garcia, während er in der Tischschublade kramte.

„Was ich nicht verstehe", mischte sich Juan ein, „ist, wie jemand einem Gefangenen eine Botschaft überbringen kann. Würde das nicht Verdacht erregen?"

„Natürlich", verteidigte sich Garcia. „Ich würde normalerweise jede Nachricht sofort beschlagnahmen. Doch manchmal bringen Leute den Gefangenen etwas zu essen. Deswegen habe ich mir nichts dabei gedacht, als ein Mann kam, der ein Bündel für Gomez Bernal am Eingang ablieferte." Er hielt kurz inne. „Selbstverständlich habe ich es durchsucht, doch außer einem Laib Brot und ein paar Scheiben Schinken nichts Verdächtiges darin gefunden."

„Und wie ist die Nachricht dann zu dem Gefangenen gekommen?", fragte Juan.

„Das ist mir leider erst später klar geworden und da war es bereits zu spät."

Die beiden Jungen blickten ihn erwartungsvoll an.

„Ich vermute", erklärte der Mann, „dass jemand ein winziges Loch ins Brot gebohrt und den Zettel reingesteckt hat. Ihr müsst zugeben, eine gute Idee."

„Was hat denn der Alguacil dazu gemeint?", wollte Juan wissen.

„Nichts. Er hat sich den Zettel nur kurz angesehen, und da er mit den seltsamen Zeichen nichts anfangen konnte, sich nicht weiter dafür interessiert."

„Seltsame Zeichen?"

Endlich hatte der Wärter den Zettel gefunden. „Hier." Er strich ihn glatt und legte ihn auf den Tisch neben die Lampe. „Ich weiß auch nicht, was das bedeuten soll, doch ich bin überzeugt, dass er von den Männern stammt, die die kleine Señorita de Alva verschleppt haben."

„Und warum", hakte Juan nach, „seid Ihr da so sicher?" Er musterte die Punkte und Kästchen auf dem Blatt kritisch.

„Ich weiß vom Alguacil", erklärte Garcia, „dass Gomez Bernal verdächtigt wird, die beiden Entführer mit wichtigen Informationen über deinen Vater und eure Familie versorgt zu haben. Und den Rest kann ich mir zusammenreimen. Es liegt doch klar auf der Hand, dass es die Entführer waren, die Bernal diese geheime Botschaft zukommen ließen. Und damit sie niemand lesen konnte, haben sie sie verschlüsselt."

„Ich verstehe", murmelte Juan. „Nur bringt uns das nicht weiter. Wie sollen wir dieses Gekritzel entziffern, wenn es selbst der Alguacil nicht geschafft hat?"

„Der Alguacil konnte die Schrift nicht lesen, weil er keine Ahnung hatte, was die einzelnen Zeichen bedeuten", erklärte Pedro. Dann grinste er. „Wir dagegen sind ihm einen Schritt voraus."

„Wie bitte?" Juan starrte ihn verständnislos an.

Pedro zog einen kleinen Zettel aus dem Beutel, der an seinem Gürtel baumelte. „Wir haben den Schlüssel zu der Geheimschrift", verkündete er triumphierend. „Und obendrein den Beweis, dass diese Nachricht tatsächlich von den Entführern stammt."

„Woher hast du denn den?" Juan blickte verwundert von einem Zettel zum anderen.

„Die Entführer haben ihn verloren, als sie Elena verschleppten. Ich habe ihn eingesteckt."

„Hervorragend", lobte ihn sein Freund, während er die Lampe näher schob. Dann musterte er die Zeichen stirnrunzelnd. „Sieht so aus, als hätten sie die einzelnen Buchstaben durch Kästchen und Punkte ersetzt. Der erste Buchstabe ist ein E."

„Der zweite ein N", ergänzte Pedro. „Das haben wir sicher gleich entziffert."

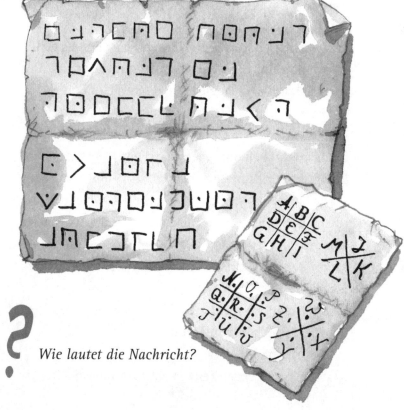

? *Wie lautet die Nachricht?*

An Bord der Santa Maria

„S Maria", rief Juan. „Das kann nur eines bedeuten: Die Verbrecher halten Elena auf der Santa Maria gefangen."

Pedro nickte ernst. „Wir müssen sofort auf das Schiff, um nach ihr zu suchen."

„Der einzige Ort, zu dem ihr heute Nacht noch geht", unterbrach ihn Garcia streng, „ist zum Alguacil. Der wird sich um die Angelegenheit kümmern. Ich würde ja einen unserer Wachleute schicken", fügte er entschuldigend hinzu, „doch wir sind nachts zu wenige, als dass wir auch nur einen Mann entbehren könnten. Und jetzt beeilt ihr euch besser."

Die beiden Jungen bedankten sich und hasteten die rutschigen Stufen zum Ausgang hoch. Wenig später standen sie wieder auf der dunklen Gasse. Juan wollte schon den Weg zum Haus des Alguacil einschlagen, als ihn Pedro zurückhielt.

„Du hast doch nicht ernsthaft vor, zum Alguacil zu gehen?", fragte er den Freund.

„Warum nicht?"

„Weil es die reinste Zeitverschwendung wäre. Denkst

du, der Mann glaubt uns auch nur ein Wort, nachdem wir ihn am Samstag zu der leeren Ruine geholt haben?"

„Und was schlägst du vor?"

„Wir gehen natürlich selbst zur Santa Maria und befreien deine Schwester." Für Pedro bestanden da keine Zweifel. „Komm schon!" Er begann, die Straße zum Fluss hinabzulaufen.

Der Hafen lag still und verlassen. Selbst die Möwen hatten sich zur Ruhe begeben. Der Mond, der inzwischen aufgegangen war, tauchte das Flaggschiff des Admirals in ein silbriges Licht. Durch die Flut war der Wasserspiegel des Flusses angestiegen und hatte die Karacke angehoben.

„Da kommen wir nie hoch", stellte Juan enttäuscht fest, während er die steile Seitenwand der dickbauchigen Santa Maria musterte. Die hölzerne Landungsbrücke, die tagsüber das Schiff mit dem Steg verband, war eingezogen worden. Auf dem Hauptdeck sah man im Licht einer Lampe einen Wachposten auf und ab gehen.

„Doch", widersprach ihm Pedro. „Das schaffen wir mit Leichtigkeit." Der Junge deutete auf eine vergessene Strickleiter, die am Bug des Schiffes baumelte. „Zuerst brauchen wir jedoch José."

„José?" Der Junge blickte den Freund verwundert an. „Wer ist José und wieso brauchen wir ihn?"

„José ist ein Stammkunde in der Bodega meines Vaters. Er ist Hilfsarbeiter im Hafen. Er kennt sich auf den Schiffen aus und weiß, wo man dort ein Mädchen am besten verstecken könnte."

„Und wo ist dieser José?" Juan wurde ungeduldig. Er wollte seine Schwester finden.

„Vermutlich schläft er irgendwo seinen Rausch aus", meinte Pedro grinsend, während er sich auf dem Uferdamm umsah. „Meist ist er nämlich zu betrunken, um nach Hause zu gehen. Dann legt er sich einfach irgendwohin."

„Wie kommst du dann darauf, dass du ihn so einfach

findest?" Juan machte eine Handbewegung über das Hafengelände. „Das könnte Stunden dauern."

Doch Pedro ging bereits selbstbewusst auf eine Taurolle zu. „José!", rief er leise und begann, ein Bündel, das Juan für einen Sack gehalten hatte, zu schütteln. Der Sack erwies sich als ein Mann mit struppigem Bart, der gähnend die Augen öffnete.

„Gold", stammelte er. „Die Dächer sind aus Gold." Dann streckte er sich gähnend. „Ist es schon Zeit zum Au... Aufstehen?" Er rieb sich die Augen und starrte Pedro an. „Ach, du ... du bist es", stammelte er. „Ich ha... habe Ca... Catalina bezahlt."

„Ist ja schon gut", beruhigte Pedro den Mann. „Ich will kein Geld. Ich will dich nur etwas fragen."

Der Mann versuchte, sich aufzurichten, doch landete gleich wieder auf dem Tauwerk.

„Gib es auf", wisperte Juan seinem Freund zu. „Der ist nicht mehr zurechnungsfähig."

Doch Pedro gab nicht so schnell nach. „José", sagte er. „Denk nach. Wo könnte man auf der Santa Maria ein entführtes Mädchen verstecken?"

„Ein Mädchen an Bord der Santa Maria", lallte der Mann, den gar nichts mehr wunderte. „Die könnte man überall gut ver... verstecken. In Fässern, Säcken, Kisten."

„Ist dir irgendetwas Ungewöhnliches auf dem Schiff aufgefallen?"

„Der Wein deines Vaters ist der beste in ganz Andalusien." José versuchte aufzustehen, taumelte und plumpste wieder auf das Tau.

„Bitte", flehte Pedro. „Es ist äußerst wichtig! Möglicherweise geht es sogar um Leben und Tod."

José starrte die beiden Jungen mit weit aufgerissenen Augen an und seine Stimme klang mit

einem Mal nüchtern. „Jetzt erinnere ich mich. Da war so ein verdächtiges Geräusch", begann er.

„Was für ein Geräusch?"

„Ein Quietschen, doch es hätte auch ein Schluchzen sein können."

„Ein Mädchen, das weint?"

„Vielleicht."

„Könnt Ihr Euch noch erinnern, wo das war?", mischte sich Juan aufgeregt ein.

Der Mann dachte nach. „Es war in einem der Laderäume im Bauch des Schiffes."

„Dort befinden sich gewöhnlich alle Laderäume", stellte der Junge enttäuscht fest.

„Nicht so ungeduldig", fuhr der Hafenarbeiter fort. „In diesem Laderaum waren nur Fässer, Kisten und Säcke verstaut, kein einziger Krug. Das weiß ich noch", fügte er erklärend hinzu, „weil ich auf der Suche nach einem Ölkrug war." Er gähnte ausgiebig. „Ach ja, und es führte eine Leiter runter in den Raum. Das war alles." Er rollte sich auf dem Tau zusammen und einen Augenblick später war er wieder fest eingeschlafen.

„Es ist nicht nur der Wachposten, vor dem wir uns in Acht nehmen müssen", erinnerte Juan seinen Freund, als sie kurz darauf zur Strickleiter schlichen, die an der

Santa Maria hing. „Die Verbrecher sind sicher auch irgendwo auf dem Schiff."

„Ja", stimmte ihm Pedro zu. „Wir müssen auf der Hut sein." Er rieb die Beule auf seiner Stirn, die ihm Sanchez auf dem Rückweg vom Kloster verpasst hatte. „Diese Männer schrecken vor nichts zurück."

Vorsichtig begann er, die Sprossen der Jakobsleiter hochzusteigen. Bevor er an Bord kletterte, spähte er über den Rand, um nach dem Wachposten Ausschau zu halten. Er stand mit dem Rücken zu ihnen im Bug des Schiffes und blickte auf den dunklen Fluss hinaus. Pedro schwang sich über die Reling und landete lautlos wie eine Katze auf dem Deck. Juan folgte dicht hinterher.

Ohne dass der Wachposten die beiden Jungen bemerkte, huschten sie an einem Beiboot vorbei und kletterten die Holzstiege zum Achterdeck hinauf. Da der hintere Teil der Karacke im tiefen Schatten lag, konnten sie dort erst einmal verschnaufen.

„Am besten, wir durchsuchen das Schiff gründlich von oben bis unten", schlug Juan leise vor, während er sich hinter das Geländer kauerte. „Auf diese Weise gehen wir sicher, dass wir Elena auch ja nicht übersehen."

„Gute Idee", flüsterte Pedro. „Dann würde ich vorschlagen, dass wir gleich mit der Kapitänskajüte anfangen." Er deutete auf eine Tür direkt hinter ihnen.

Doch plötzlich hielt er inne. Es waren deutlich Schritte zu hören, die sich dem Achterdeck näherten und direkt unterhalb des Geländers anhielten. Für einen Augenblick war nur das leise Knarzen des Holzes und das Plätschern der Wellen gegen den Schiffsbauch zu hören, dann entfernten sich die Schritte wieder. Schnell schlüpften die Jungen in die Kajüte.

Bis auf einen silberhellen Strahl Mondlicht, der durch eine offene Luke in den niedrigen Raum schien, war es dort finster. Allerdings dauerte es nicht lange und die Augen der Jungen hatten sich an die Dunkelheit gewöhnt.

„Hier sind weder Säcke noch Fässer verstaut", wisperte Juan, während er sich umsah. Er zog einen Vorhang zur Seite, doch dahinter verbarg sich nur ein Bett. „Elena ist bestimmt nicht hier." Enttäuscht sah er sich weiter um. Da waren eine Truhe, ein Stuhl und ein Tisch, auf dem alle möglichen Instrumente lagen.

„Guck dir das mal an." Pedro hatte eine Zeichnung entdeckt, die neben den nautischen Instrumenten auf dem Tisch lag. Er nahm das Blatt und hielt es ins Mondlicht.

Juan näherte sich neugierig. „Sieht wie der Querschnitt des Schiffes aus."

Sein Freund nickte aufgeregt. „Jemand hat genau eingezeichnet, wo auf der Santa Maria Fässer, Säcke, Kisten und Krüge verstaut wurden."

„Und in welche Laderäume Leitern hinabführen", ergänzte Juan. „Wenn wir uns das genau anschauen, können wir herausfinden, wo José Elena weinen hörte."

Die Jungen begannen, die Zeichnung eifrig zu studieren.

? *In welchem Laderaum hat José das Geräusch gehört?*

Eine lange Nacht

„Dort unten ist es sicher stockfinster", meinte Juan zögernd. Sie kauerten hinter einem Geschütz, das an der einen Seite des Hauptdecks stand. Die offene Luke, von der eine Leiter hinab in den Schiffsbauch führte, war nur wenige Schritte entfernt.

„Zum Glück bin ich für solche Notfälle ausgerüstet", erwiderte sein Freund leise, während er einen Kerzenstummel aus dem Beutel am Gürtel zog. „Allerdings müssen wir uns an die Lampe schleichen, um die Kerze anzuzünden." Er deutete mit einer Kopfbewegung auf den Wachmann, der gerade wieder auf sie zumarschierte. „Dabei könnte der uns Schwierigkeiten bereiten." Die Lampe, um die Motten schwirrten, baumelte an einem Haken neben dem Mast mitten auf dem Hauptdeck.

„Das schaffen wir nie", murmelte Juan.

„Wir müssen es riskieren", flüsterte Pedro bestimmt. „Ohne Licht haben wir keine Chance."

Als der Wachposten sich das nächste Mal umdrehte, um zum Bug des Schiffes zu schreiten, flitzte der Junge lautlos über das Deck. Solange der Mann ihm den Rücken zudrehte, war er in Sicherheit. Bei der Lampe angekommen, hielt er den Kerzendocht in die Flamme. Er hatte ihn schnell angezündet und sauste zurück zu Juan.

Allerdings hatte er dabei etwas Wichtiges vergessen: Die Dunkelheit, die sie bisher verborgen hatte, bot nun keinen Schutz mehr. Selbst die Hand, die Pedro schützend vor die Flamme hielt, konnte den Lichtschimmer der flackernden Kerze nur wenig schwächen.

„Wer da?", rief der Wachmann mit strenger Stimme und schritt auf das Geschütz zu.

Pedro blies die Kerze rasch aus, doch es war bereits zu spät. Der Mann hatte die beiden Jungen entdeckt.

„Was macht ihr hier?" Er packte Juan wütend an der Schulter und zog ihn hoch. „Verschwindet, bevor ich den Alguacil holen lasse!"

Doch Juan wollte nicht so schnell aufgeben. Immerhin ging es hier um seine Schwester. Er begann deswegen ausführlich zu erklären, wieso sie unbedingt in den Laderaum mussten.

Der Mann hörte ihm zunächst mit ernstem Gesicht zu, doch dann begann es, um seine Mundwinkel zu zucken, bis er sich das Lachen nicht mehr verbeißen konnte. „Du denkst, man hält deine Schwester dort unten gefangen?", prustete er laut los. „Da hat euch jemand schön zum Narren gehalten. Auf der Santa Maria gibt es ganz bestimmt kein entführtes Mädchen. In dem Laderaum quietscht es allerdings schon. Da wurden gestern Schweine geladen, die als lebender Proviant mit nach Indien fahren sollen."

„Und jetzt?", fragte Juan, als sie wenig später wieder auf dem Hafendamm standen. „In der Geheimbotschaft stand doch ganz sicher S Maria."

Pedro dachte nach. Dann plötzlich hellte sich sein Gesicht auf. „Wir haben automatisch angenommen, dass das S für *Santa* steht, doch könnte es nicht auch für *Señora* stehen?"

„Kann schon sein, doch ich kenne keine Señora Maria."

„Ich schon", grinste Pedro. „Señora Maria hat den

Ruf, den besten Kichererbseneintopf in ganz Andalusien zu kochen. Sie betreibt eine Herberge im Hafen. Gleich hier um die Ecke." Er überlegte einen Augenblick. „Vielleicht halten die Verbrecher deine Schwester ja dort versteckt."

„In einer Herberge? Ich weiß nicht", gab Juan zurück. „Allerdings sollten wir es trotzdem überprüfen."

Die Herberge, deren Fensterläden dicht verschlossen waren, lag in einer Gasse, die von der Hafenstraße zu den Lagerhallen führte. Da das Eingangstor nur angelehnt war, konnten die Jungen ungehindert auf den Innenhof schlüpfen.

Pedro sah sich neugierig um. „Die Gäste sind bereits zu Bett gegangen", flüsterte er, doch sein Freund schüttelte den Kopf.

„Dort hinten ist noch jemand wach", erwiderte er. Unter einer Tür am anderen Ende des Hofes drang schwacher Lichtschimmer hervor. Gleich darauf konnten

sie eine gedämpfte Frauenstimme vernehmen. Juan gab Pedro ein Handzeichen, näher zu schleichen.

„Nur noch eine Nacht", hörten sie die Stimme nun deutlicher, „und keine Stunde länger."

„Ist ja schon gut, Señora Maria. Ich habe Euch doch schon gesagt, dass wir morgen früh die Stadt verlassen wollen. Danach werdet Ihr uns nie wieder sehen."

„Und immerhin entlohnen wir Euch für Eure Dienste reichlich", mischte sich ein anderer Mann ein.

„Das schon", fuhr die Frau fort, „doch mit dieser Entführung will ich nichts mehr zu tun haben. Und jetzt wünsche ich Euch eine gute Nacht."

Im nächsten Augenblick wurde die Tür zum Hof geöffnet und das helle Licht einer Lampe schien den Jungen direkt ins Gesicht.

„Schnell weg von hier", zischte Pedro. Doch es war bereits zu spät. Die beiden Männer, die hinter der Frau auf den Hof hinaustraten, hatten sie gleich erkannt.

„Na, wen haben wir denn da", murmelte Sanchez. Er packte Pedro, während Luis de Cabra nach Juan griff.

„Die beiden stellen uns schon eine Weile nach", klärte Sanchez Señora Maria auf. „Haben uns vor ein paar Tagen sogar den Alguacil auf den Hals gehetzt."

Señora Maria hielt die Lampe hoch, während sie die beiden Jungen musterte. „Lasst sie laufen", bat sie die Männer. Da trat ein dritter Mann ins Lampenlicht. Eine lange Narbe lief ihm quer über die Wange.

„Auf keinen Fall", widersprach er. „Das ist zu riskant. Wenn wir wollen, dass alles nach Plan läuft, müssen die kleinen Schnüffler bis morgen aus dem Weg geschafft werden."

Die Frau überlegte kurz. „Na gut", meinte sie. „Das ist aber die letzte Gefälligkeit, die ich Euch erweise."

Wenig später fanden sich die beiden Jungen in Señora Marias Keller wieder.

„So ein Mist", fluchte Juan, als die Falltür dicht über ihren Köpfen quietschend zuklappte. Sie hörten, wie ein Riegel vorgeschoben wurde, wie sich Schritte entfernten. Danach war es gespenstisch still.

„Elena ist hier im Haus", verkündete Pedro nach einer Weile. „Wir müssen hier raus, um sie zu befreien." Er begann, an der Tür zu rütteln.

„Vielleicht gibt es noch einen zweiten Ausgang", schlug Juan hoffnungsvoll vor. Er tastete sich im Dunkeln bis zur Wand vor und begann, diese von oben bis unten zu befühlen. Doch außer feuchten Steinen fand er nichts.

„Es hat keinen Sinn", murmelte er schließlich trübsinnig. Er ließ sich auf den kalten Boden nieder, schlang seine Arme um die Knie und starrte in die Dunkelheit.

„Du hast recht", stimmte ihm Pedro zu. „Alles, was uns übrig bleibt, ist abzuwarten." Laut gähnend hockte er sich neben seinen Freund. „Mach dich auf eine lange, unbequeme Nacht gefasst."

Irgendwann gelang es den Jungen doch nicht mehr, wach zu bleiben. Dicht nebeneinander schlummerten sie ein und wurden erst Stunden später von einem Geräusch aus dem Schlaf gerissen.

„Wie spät es wohl ist?" Pedro streckte gähnend seine steifen Glieder.

„Was?", stammelte Juan, der im ersten Augenblick nicht mehr wusste, wo er war. Dann schwang die

Falltür über ihnen auf und helles Tageslicht strömte in den Keller.

„Na macht schon", kam Señora Marias Stimme von oben. „Wollt ihr die kleine Señorita nicht retten?"

Verwundert starrten die beiden Jungen die Frau an. „Die Männer haben sie mit zum Hafen genommen", erklärte sie. „Ich weiß nicht, was sie mit der Kleinen vorhaben, doch es ist bestimmt nichts Gutes."

„Wohin genau im Hafen?" Juan war mit einem Mal hellwach.

„Keine Ahnung. Aber an eurer Stelle würde ich mich beeilen, bevor es zu spät ist." Sie half den Jungen die Leiter hoch. „War von Anfang an gegen die Entführung", murmelte sie. Doch Juan und Pedro hörten sie schon nicht mehr. Sie eilten bereits die Gasse zum Hafen hinab.

„Und wie sollen wir hier in all dem Trubel Elena finden?" Juan ließ seinen Blick über das Gelände schweifen. Fischer, die von ihren Ausfahrten zurückgekehrt waren, luden gerade ihren nächtlichen Fang aus. Möwen kreisten laut kreischend über ihnen, in der Hoffnung, einen Fischkopf abzubekommen. Auch auf der Santa Maria, der Pinta und der Niña, die alle drei im Schein der Morgensonne lagen, war bereits einiges los. Matrosen schrubbten die Planken, während andere letzte Weinfässer und Mehlsäcke luden. Von Elena war nichts zu sehen.

„Schnell", stieß Pedro plötzlich aufgeregt hervor. „Hol den Alguacil!" Dann stürmte er los.

Was hat Pedro entdeckt?

Auf nach Indien!

Das kleine Ruderboot, von der dickbauchigen Santa Maria halb verborgen, war kaum zu sehen. Doch Pedro hatte Sanchez, der auf dem Steg gleich daneben stand, sofort erkannt. Der Mann machte sich gerade daran, das Tau, mit dem das Boot festgebunden war, loszuknoten. Seine beiden Komplizen saßen bereits ungeduldig auf der Ruderbank, die Riemen in der Hand und bereit, jeden Augenblick loszupaddeln.

Zu Füßen der beiden Männer im Boot lag eine Kassette, daneben ein großes Bündel. Erst als der Junge genauer hinsah, begriff er, dass es sich um Elena handelte. Sie lag dort zusammengekauert, einen Knebel im Mund, an Händen und Füßen gefesselt.

Im Zickzack raste Pedro um Kisten, Körbe und Fischernetze auf das Boot zu.

„Kannst du nicht aufpassen!", fuhr ihn einer der Fischer an, als er über ein Tau stolperte und dabei einen Korb voller Fische umwarf. Die glitschigen Tiere glitten auf den Hafendamm, wo sie wie wild zappelten.

„Entschuldigung", rief der Junge, ohne anzuhalten. Er musste die Männer unbedingt davon abhalten, aus dem Hafen zu rudern. Dann hatte er Sanchez erreicht, der sich immer noch an dem Knoten zu schaffen machte. Der Verbrecher wusste nicht, wie ihm geschah. Mit einem lauten Platschen landete er im Rio Tinto, wo er, nach Luft schnappend, auftauchte, um gleich darauf wieder unterzugehen. Pedro hatte sich mit voller Kraft auf den ahnungslosen Mann gestürzt und ihn vom Steg ins Wasser gestoßen.

Luis de Cabra und Gomez Bernal, die das Geschehen vom Boot aus beobachteten, begannen, wie wild zu rudern. Da ihr Boot allerdings noch immer festgebunden war, rührte es sich nicht von der Stelle.

Inzwischen waren die Leute am Hafendamm aufmerksam geworden. Neugierig näherten sie sich dem Holzsteg, wo Pedro gerade Anlauf nahm und mit einem riesigen Satz ins Ruderboot sprang. Das Boot schwankte gefährlich.

Gomez Bernal und sein Komplize versuchten, den Jungen festzuhalten, doch bevor sie Pedro fassen konnten, hatte sich dieser die Kassette geschnappt, die neben der gefesselten Elena auf dem Boden des Bootes lag. Obwohl er nicht sicher war, ob sich das Lösegeld tatsächlich in dem Behälter befand, hob er ihn hoch und hielt ihn über Bord.

„Lasst das Mädchen frei!", rief er atemlos. „Oder Eure Maravédis landen auf dem Grund des Rio Tinto."

„Das ist nicht nötig", kam eine tiefe Stimme vom Hafendamm. „Ich beschlagnahme die Maravédis im Namen des Gesetzes und werde sie zur gegebenen Zeit ihrem rechtmäßigen Besitzer übergeben."

Pedro blickte auf. Der Alguacil schritt selbstbewusst auf das Ruderboot zu, Juan im Laufschritt dicht hinterher.

Danach ging alles ganz schnell. Ohne viel Zeit zu verlieren, befahl der Ordnungshüter seinen Männern, das Ruderboot mitsamt den Insassen am Tau zurück zum Holzsteg zu ziehen, während ein anderer Sanchez aus dem Wasser fischte. Die drei Verbrecher wurden verhaftet und die Kassette mit dem Lösegeld wurde sichergestellt.

In all dem Durcheinander löste Pedro Elenas Fesseln.

„Danke!", murmelte sie, nachdem er ihr den Knebel aus dem Mund gezogen hatte. Sie rieb sich die Handgelenke.

„Hola, Schwesterherz", kam Juans Stimme vom Steg. Er reichte ihr die Hand und half ihr an Land. Dann schloss er sie fest in die Arme. „Ich hätte nie gedacht, dass ich mich einmal so freuen würde, dich zu sehen."

„Ich auch nicht", grinste sie. „Aber ein nervender Bruder ist allemal besser, als den Haien zum Fraß vorgeworfen zu werden."

„Hatten sie das denn vor?", fragte Pedro ernst.

Elena schüttelte den Kopf. „Eigentlich war geplant, mich freizulassen, nachdem die Verbrecher das Lösegeld von Vater erhalten hatten. Doch der Mann mit der Narbe überredete die anderen, mich nach Huelva mitzunehmen. Er meinte, ich sei eine Art Garantie für ihre Freiheit."

„Was ich gerne wissen würde", fragte Juan, „ist, wie sie es geschafft haben, dich ungesehen in den Hafen zu bringen."

„Das war einfach. Sie haben mich in einen Sack gesteckt", erklärte Elena. Dann hielt sie einen Augenblick inne. „Und jetzt habe ich eine Frage an euch. Wie habt ihr es geschafft, mich zu finden?"

„Das ist eine lange Geschichte", meinte Pedro, und die beiden Jungen begannen, von ihrem nächtlichen Abenteuer zu erzählen.

Erst drei Tage später, am 3. August, hatten die Freunde Gelegenheit, sich wiederzusehen. Sie hatten sich noch vor Morgengrauen im Hafen verabredet, um die Santa Maria, die Pinta und die Niña zu verabschieden. Endlich war es so weit und die kleine Flotte war bereit, ins Unbekannte loszusegeln.

Obwohl die Sonne noch nicht aufgegangen war, war ganz Palos auf den Beinen. Überall flimmerten Lampen, die sich auf den Hafen zubewegten. Niemand wollte die Abreise von Christoph Kolumbus versäumen.

Schon am Vortag hatten die beiden Karavellen und die Karacke vom Pier abgelegt. Jetzt schaukelten sie mitten im Rio Tinto, wo sie auf günstigen Wind und die Flut warteten. Sobald es so weit war, würden sie ihre Anker lichten und Richtung Ozean davonsegeln.

„Wo er nur bleibt", wunderte sich Juan. Obwohl die letzten Sterne langsam verblassten und am östlichen Himmel bereits der erste Schimmer des neuen Tages zu erkennen war, ließ sich der Admiral Zeit.

Dann plötzlich setzte ein aufgeregtes Murmeln ein. Eine Lichterprozession zog sich von den Stadttoren langsam die Straße zum Hafen hinab. Allen voran

ging Pater Juan Perez, der laut betete. Dicht hinter ihm folgten vier Mönche mit einer Trage auf ihren Schultern, auf der eine Heiligenfigur gefährlich hin und her schwankte. Gleich dahinter schritt der Admiral, den Kopf stolz erhoben, neben seiner Lebensgefährtin Beatriz Rodriguez, die ihren kleinen Sohn Fernando an der Hand führte.

„Dort ist Diego", stellte Elena fest, als sie den älteren Sohn des Kolumbus gleich hinter seinem Vater entdeckte. „Der würde sicher lieber mit nach Indien fahren, als bei den Mönchen im Kloster Latein zu lernen."

Die Prozession zog langsam auf den Steg zu, wo

eine Barkasse auf den Admiral wartete. Sie sollte ihn hinüber zur Santa Maria bringen. Nachdem sich Kolumbus von seiner Familie verabschiedet und ihn sein Freund Pater Juan Perez gesegnet hatte, stieg er ins Ruderboot. Kurz darauf war er bei der Karacke angekommen und kletterte an Bord.

Mit Ankunft des Admirals setzte auf allen Schiffen Hochbetrieb ein. An Deck waren Matrosen zu erkennen, die geschäftig hin- und hereilten und an den Masten hochkletterten. Laute Kommandorufe drangen bis zum Ufer. Es dauerte nicht lange, und man konnte das Rasseln von Ankerketten hören.

Dann wurden die Segel gehisst. Ein plötzlicher Windstoß blähte sie auf. Die Flagge des Königshauses am Heck der Santa Maria begann, aufgeregt zu flattern. Und dann segelte die kleine Flotte langsam den Fluss hinab, Richtung Ozean. Inzwischen war die Sonne aufgegangen und tauchte den Fluss mit den Schiffen in ein rotgoldenes Licht.

Die Bewohner von Palos, die dicht gedrängt am Ufer standen und das Geschehen beobachteten, warfen ihre Kappen in die Luft, winkten und jubelten laut. Andere wischten sich die Tränen aus den Augen, bekreuzigten sich und beteten lautstark für die sichere Rückkehr des Admirals und seiner Mannschaft.

„Ich wäre so gerne mitgesegelt", meinte Pedro, während er mit sehnsüchtigen Augen den drei Schiffen nachsah.

„Ich auch", stimmte ihm Elena zu. „Wenn ich erwachsen bin, werde ich wie Kolumbus um die Welt segeln."

„Du?", lachte ihr Bruder. „Du hättest doch viel zu viel Angst vor den Seeungeheuern. Außerdem bist du ein Mädchen, dich wollen die bestimmt nicht."

„Na und", entgegnete Elena selbstbewusst. „Ich schneide mir einfach die Haare ab und ziehe mir Hosen an."

Die Schiffe wurden immer kleiner, bis sie um die Mündung des Rio Tinto bogen und ganz aus dem Sichtfeld verschwanden.

„Ob sie wohl jemals wiederkehren?", fragte Juan.

„Selbstverständlich", erwiderte Pedro überzeugt. „Sie werden hier landen, schwer beladen mit Gold und Gewürzen und anderen Schätzen aus Indien. Daran zweifle ich keinen Augenblick."

Lösungen

Sträflinge in der Stadt
Der Text lautet: *Señor de Alva, ich weiß, was Ihr getan habt. Wenn Ihr wollt, dass ich schweige, dann müsst Ihr zahlen.*

Ein Mörder auf freiem Fuß
Der Würfelspieler weiß, wie der Sträfling heißt. Der Alguacil hat dessen Namen jedoch nicht erwähnt.

Auf heißer Spur
Juan hat auf dem Tisch einen Brief entdeckt, in dem das „S" ebenso verschnörkelt geschrieben ist wie in dem Drohbrief an seinen Vater.

Geheimauftrag

Heimlich im Kloster
Es ist Schlüssel Nummer 5.

Hinterhalt
Juan hat den Mann im Hafen gesehen, als er mit den anderen Sträflingen aus Huelva ankam.

Ermittlungen im Gefängnis
Die Nachricht lautet: *Entfuehrung gelungen – Treffpunkt S Maria – Warten dort auf dich*

An Bord der Santa Maria
Nur ein Laderaum kommt infrage. Es handelt sich um den siebten von links im untersten Stockwerk des Schiffsbauches.

Eine lange Nacht
Pedro hat Sanchez auf dem Steg und die beiden anderen Männer in einem Ruderboot hinter der Santa Maria entdeckt.

Glossar

Achterdeck: Deck im hinteren Teil eines Schiffes

Alguacil: Angestellter einer spanischen Gemeinde, der zur Zeit des Kolumbus das Amt des Gesetzeshüters ausführte

Barkasse: Beiboot, das benutzt wird, um von Segelschiffen an Land zu rudern

Bug: Vorderteil eines Schiffes

Cádiz: Stadt an der Südküste Spaniens

Cipango: alte Bezeichnung für Japan

Ferdinand II. (1452–1516): spanischer König und Ehemann von Königin Isabella

Flaggschiff: Schiff des Admirals, das die anderen Schiffe einer Flotte anführt

Hellebarde: Stoßwaffe mit langem Stiel, an deren Ende sich zusätzlich zur Speerspitze eine Streitaxt befindet

Hola: spanische Begrüßung

Huelva: Stadt in Südspanien in der Nähe von Palos

Isabella (1451–1504): spanische Königin, die Kolumbus' Reisen finanzierte

Jakobsleiter: Strickleiter mit Sprossen aus Holz

Juan Perez de Marchena: Vorsteher des Klosters Santa Maria de la Rabida

Kalfaterer: Arbeiter, die die Planken eines Holzschiffes mit Pech und Teer abdichten

Karacke: dreimastiges Segelschiff, das der Karavelle ähnelt, jedoch größer und schwerfälliger zu manövrieren ist

Karavelle: Segelschifftyp, der ursprünglich von den Portugiesen entwickelt wurde. Da Karavellen keinen großen Tiefgang hatten, eigneten sie sich besonders, um unbekannte Gewässer zu erforschen.

Kolumbus, Christoph (1451–1506): italienischer Seefahrer (siehe Kapitel Christoph Kolumbus)

Kreuzgang: überdachter Säulengang, der um einen Klosterhof führt

Marco Polo (1254–1324): italienischer Forschungsreisender, der im 13. Jahrhundert entlang der Seidenstraße über Land bis nach China reiste

Maravédi: spanische Münzen zur Zeit des Kolumbus

Nautische Instrumente: Instrumente, die Seefahrern helfen, sich zu orientieren (z. B. Kompass)

Niña (spanisch: kleines Mädchen): eines der Schiffe, die mit Kolumbus nach Amerika aufbrachen. Vicente Yañez Pinzón stand ihr als Kapitän vor.

Palos de la Frontera: kleine Hafenstadt am Rio Tinto in der spanischen Provinz Huelva. Kolumbus stach von hier am 3. August 1492 in See.

Pinta: eines der Schiffe, die mit Kolumbus nach

Amerika segelten. Ihr Kapitän war Martin Alonso Pinzón.

Pinzón, Martin Alonso (1440–1493): spanischer Kaufmann und Seefahrer aus Palos, der die Pläne des Kolumbus von Anfang an unterstützte

Pinzón, Vicente Yañez (1450–1524): spanischer Seefahrer aus Palos und jüngerer Bruder von Martin Alonso Pinzón

Quintero, Cristóbal: Eigentümer der Pinta, der als Erster Offizier mit auf die Reise ging

Reling: Geländer um das Deck eines Schiffes

Rio Tinto: Fluss in Südspanien, der in den Atlantischen Ozean mündet

Santa Maria: Flaggschiff des Kolumbus, mit dem er seine erste Reise nach Amerika antrat. Die Santa Maria, eine Karacke, war schwerfälliger als die anderen beiden Schiffe. Am Weihnachtstag 1492 lief sie vor Haiti auf einer Sandbank auf. Das Holz des Wracks wurde dazu benutzt, die erste Siedlung in der neuen Welt zu errichten.

Santa Maria de la Rabida: Kloster in der Nähe von Palos, in dem Kolumbus seine Reise vorbereitete

Señor: spanische Anrede für Männer

Señora: spanische Anrede für Frauen

Señorita: Spanisch für Fräulein

Toscanelli, Paolo (1397–1482): italienischer Kartograf aus Florenz. Seine Weltkarte, auf der Asien jenseits des Atlantiks eingezeichnet war, galt für Kolumbus als Beweis, dass es eine westliche Seeroute nach Indien gab.

verpechen: die Ritzen zwischen den Planken eines Holzschiffes mit Pech und Teer abdichten

Zeittafel

1002:	Wikingerschiffe errreichen erstmals den nordamerikanischen Kontinent.
1271–1295:	Marco Polo reist auf dem Landweg nach China.
1433:	Heinrich der Seefahrer, ein portugiesischer Prinz, gründet eine Schule für Seefahrt und fördert zahlreiche Forschungsreisen entlang der afrikanischen Küste.
Oktober 1451:	Christoph Kolumbus wird in Genua, Italien, als Sohn eines Webers geboren.
1453:	Die Landroute nach Indien wird durch türkische Stämme abgeschnitten, was die Suche nach einer Seeroute fördert.
1465:	Erste Seefahrten, auf denen der junge Kolumbus vermutlich die fertigen Stoffe seines Vaters verkaufte
1476:	Das Handelsschiff, mit dem Kolumbus reist, wird von Freibeutern angegriffen und der junge Mann muss an Land schwimmen. Im

	selben Jahr zieht er in die portugiesische Hauptstadt Lissabon, wo sein Bruder Bartolomeo als Kartograf arbeitet.
1477–1482:	Kolumbus nimmt im Namen der portugiesischen Krone an Seefahrten im Atlantischen Ozean teil, wo er vermutlich von Island im Norden bis zur westafrikanischen Küste im Süden segelt.
1479:	Kolumbus heiratet Felipa Perestrello e Moniz.
1479:	Geburt von Diego Kolumbus
1483:	Felipa Perestrello e Moniz stirbt.
1484:	Kolumbus schlägt dem portugiesischen König Johann II. vor, eine westliche Reiseroute nach Indien zu finden. Der ist aber an dieser Idee nicht interessiert.
1485:	Kolumbus zieht mit seinem Sohn Diego nach Spanien.
1486:	Kolumbus wendet sich erstmals mit seinen Plänen an das spanische Königshaus. Obwohl Königin Isabella Interesse zeigt, steht durch den Krieg gegen die Mauren zunächst kein Geld zur Verfügung, eine derartige Expedition finanziell

	zu unterstützen.
1487:	Bartolomeu Diaz umrundet erstmals die Südspitze Afrikas.
1488:	Geburt von Fernando Kolumbus, unehelicher Sohn von Kolumbus und seiner Geliebten Beatriz Rodriguez
1491:	Kolumbus kehrt erstmals im Kloster La Rabida ein, wo der Mönch Juan Perez seine Idee unterstützt.
Januar 1492:	Königin Isabella und König Ferdinand erobern Granada, die letzte Bastion der Mauren, und der Krieg ist beendet.
April 1492:	Das spanische Königshaus stimmt zu, die Reise des Kolumbus zu finanzieren.
3. Aug. 1492:	Die Karacke Santa Maria und die beiden Karavellen Niña und Pinta stechen von Palos de la Frontera aus in See.
12. Okt. 1492:	Land in Sicht
Dez. 1492:	Die Santa Maria läuft auf der Insel Hispaniola auf Grund und Kolumbus errichtet dort die erste spanische Siedlung in der Neuen Welt.
15. März 1493:	Rückkehr der Niña und der Pinta nach Palos.

1493–1496:	2. Reise des Kolumbus in die Karibik. Gründung einer Kolonie
1497–1498:	Vasco da Gama segelt um Afrika nach Indien.
1498–1500:	3. Reise in die Karibik. Unzufriedene Siedler setzen Kolumbus als Gouverneur ab. Der neue Gouverneur schickt den Seefahrer und seinen Bruder in Ketten zurück nach Spanien, doch Königin Isabella begnadigt die beiden Männer.
1502:	4. Reise in die Karibik, auf der Kolumbus von seinem Bruder Bartolomeo und seinem Sohn Fernando begleitet wird
1502:	Amerigo Vespucci segelt nach Amerika.
14. Aug. 1502:	Kolumbus betritt zum ersten Mal amerikanisches Festland.
1503:	Kolumbus kehrt krank nach Spanien zurück.
1504:	Königin Isabella stirbt.
20. Mai 1506:	Christoph Kolumbus stirbt in Valladolid, Spanien.
1519–1522:	Ferdinand Magellan segelt um die Welt.

Christoph Kolumbus

Die Suche nach Indien

Schon seit Jahrhunderten wurden Waren mit Kamel-Karawanen über Land von China und Indien nach Europa transportiert. Kostbare Seide, Gewürze, Duftstoffe und andere Luxusgüter aus Asien waren bei den Reichen dort äußerst beliebt. Zwar war es eine lange, mühsame Reise über hohe Gebirgszüge, durch Steppen und Wüsten, doch die mongolischen Stämme, die dort lebten, garantierten den Händlern sicheres Geleit.

Im 14. Jahrhundert sollte sich dies ändern. Die Muslime hatten Kleinasien erobert und Konstantinopel, das heutige Istanbul, eingenommen. Damit wurde der Landweg für die europäischen Händler abgeschnitten. Zwar war es immer noch möglich, Luxusgüter aus dem Osten zu erhandeln, doch durch die hohen Zölle waren sie unerschwinglich. Den Europäern blieb nur eine Möglichkeit: Sie mussten nach einer alternativen Handelsroute suchen.

Anfang des 15. Jahrhunderts begann Heinrich der Seefahrer, ein portugiesischer Prinz, deswegen Schiffe die afrikanische Küste entlangzuschicken, fest entschlossen, einen Seeweg nach Asien zu finden.

Ein halbes Jahrhundert später tauchte dann ein Mann auf, der fest davon überzeugt war, eine bessere Idee zu haben. Die Spanier nannten ihn Cristóbal Colón, wir kennen ihn als Christoph Kolumbus.

Kolumbus und seine Idee

Christoph Kolumbus wurde 1451 in Genua als Sohn eines Wollwebers geboren. Aus Kindheit und Jugend des jungen Kolumbus ist uns wenig bekannt, außer dass er bereits als Vierzehnjähriger zur See ging. Vermutlich handelte er dabei im Auftrag seines Vaters mit Wolle und Stoffen. Diese Fahrten führten ihn bis nach England und zur westafrikanischen Küste.

1477 entschloss er sich dann, nach Lissabon, dem damaligen Zentrum der Seefahrt, zu ziehen, wo sein Bruder Bartolomeo bereits als Kartenzeichner lebte. Kolumbus selbst trat als Handelsagent in portugiesische Dienste und heiratete bald darauf die Tochter eines Adeligen.

Zu dieser Zeit begann Kolumbus, Reiseberichte zu lesen und Weltkarten zu studieren. Allmählich entstand in seinem Kopf eine Idee, die ihn nicht mehr losließ. Jeder gebildete Mensch wusste inzwischen, dass die Erde rund war. War es da nicht logisch, dass man, wenn man in westlicher Richtung segelte, letztendlich nach Osten gelangen würde?

Kolumbus hatte bald einen Entschluss gefasst: Er würde den Seeweg nach Indien über den Atlantischen Ozean suchen. Da er dazu einen Geldgeber benötigte, wandte er sich an den portugiesischen König Johann. Doch dieser war an dem Angebot nicht interessiert. Er hatte bereits Seefahrer in seinem Dienst, die genau zu diesem Zeitpunkt den Seeweg nach Indien um Afrika herum erforschten. Wozu also unnötig eine Reise über den Atlantik riskieren.

Doch Kolumbus ließ sich nicht so schnell entmutigen. 1484, nach dem Tod seiner Frau, zog er mit seinem Sohn Diego nach Spanien. Er wollte seine Idee dort König Ferdinand und Königin Isabella unterbreiten. Die Königin war sofort begeistert, obwohl ihre Berater dem Vorschlag kritisch gegenüberstanden. Doch auch ihr blieb zunächst nichts anderes übrig, als das Angebot abzulehnen. Das Land stand schon seit mehreren Jahren im Krieg gegen die Mauren und das

Königspaar hatte sich fest entschlossen, den Süden der spanischen Halbinsel von deren Herrschaft zu befreien. Jeder Maravédi der ohnehin leeren Staatskasse wurde benötigt, diesen Krieg zu finanzieren. Für Entdeckungsreisen blieb da nichts übrig.

Der enttäuschte Kolumbus zog sich in den folgenden Jahren in das Kloster La Rabida zurück, wo er trotzdem weiter seine Reise über den Ozean plante. Hartnäckig sprach er immer wieder bei der Königin vor.

Nach langem Hin und Her erklärte sich Ihre Majestät im Frühjahr 1492 dann bereit, die Expedition zu finanzieren. Grund war, dass es den Spaniern endlich gelungen war, Granada, die letzte Festung der Mauren, zu erobern. Es stand wieder Geld für andere Ausgaben zur Verfügung.

Kurz darauf wurde ein königlicher Befehl erlassen, drei Schiffe mit Mannschaft und Verpflegung auszurüsten. Kolumbus zog gleich zurück in seine Unterkunft im Kloster. La Rabida war der ideale Ort, die Vorbereitungen zu beaufsichtigen, denn der Hafen von Palos, in dem die Schiffe flottgemacht wurden, lag nur ein paar Kilometer entfernt.

Dann endlich, nach mehreren Monaten, war es so weit. Kolumbus' Reise stand nichts mehr im Weg.

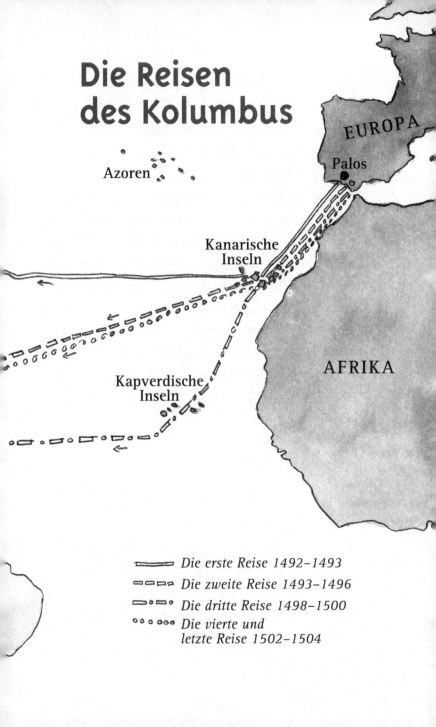

Die Reisen des Kolumbus

Kurz nach Morgengrauen am 3. August 1492 stachen das Flaggschiff Santa Maria, das unter dem Befehl von Christoph Kolumbus stand, und die beiden Karavellen Niña und Pinta, die den Gebrüdern Pinzón unterstanden, von Palos de la Frontera aus in See. Erstes Ziel der kleinen Flotte waren die Kanarischen Inseln, wo sie vor der Atlantiküberquerung nochmals ihre Wasserfässer auffüllen wollten. Danach würden sie in unbekannten Gewässern segeln. Selbst der Admiral wusste nicht, wann sie wieder auf Land stoßen würden.

Dann, nach vielen Wochen, am Freitag, den 12. Oktober um zwei Uhr früh, erklang auf der Pinta ein Kanonenschuss: Einer der Matrosen hatte Land gesichtet.

Kolumbus war fest überzeugt, dass es sich dabei um eine der Inseln handelte, die Asien vorgelagert waren. Zuversichtlich trat er an Land, um es offiziell zum Besitz der spanischen Krone zu erklären. Doch wo waren die goldenen Dächer und die Schätze, von denen Marco Polo berichtet hatte?

Die nächsten Wochen verbrachte der Admiral damit, von Insel zu Insel zu segeln und Männer an Land zu schicken, um nach Gold zu suchen. Allerdings ohne großen Erfolg. Alles, was sie fanden, waren die goldenen Schmuckstücke der Einheimischen, die die Spanier gierig gegen wertlose Glasperlen und Bronzeglöckchen eintauschten.

Zu allem Überfluss lief die Santa Maria an Weihnachten vor Hispaniola auf Grund. Versuche, die Karacke wieder seetüchtig zu machen, scheiterten und es blieb Kolumbus nichts anderes übrig, als 30 seiner Männer auf der Insel zurückzulassen.

Er selbst segelte auf der Niña zurück nach Spanien, wo er am 15. März 1493 in Palos ankam. Auch die Pinta war inzwischen wieder im Heimathafen angelangt.

Obwohl Kolumbus keine großen Schätze vorzuweisen hatte, wurde er als Held gefeiert. Sein Empfang am Königshof war ein großer Triumph. Die Königin war fasziniert von den gefangenen Ureinwohnern, den Papageien und den exotischen Früchten, die ihr der Admiral mitgebracht hatte. Dass nur wenig Gold dabei war, störte sie zunächst nicht. Verlockender war für sie die Gelegenheit, für Spanien neue Kolonien zu erwerben, und sie stellte dem Admiral dazu gleich eine neue Flotte zur Verfügung.

Am 25. September 1493 brach Kolumbus, diesmal mit 17 Schiffen, zu einer weiteren Reise auf. Er sollte im Auftrag der Krone auf den Inseln spanische Kolonien gründen.

Eine dritte und vierte Entdeckungsreise folgten. Auf der Suche nach dem asiatischen Festland stieß Kolumbus dabei bis zur Orinokomündung in Südamerika und bis zur mittelamerikanischen Küste vor.

Als Kolumbus 1506 in Valladolid, Spanien, starb, war er noch immer davon überzeugt, dass er die Seeroute nach Indien entdeckt hatte.

Renée Holler, Jahrgang 1956, studierte Ethnologie und arbeitete zunächst als Buchherstellerin, bevor sie auf Reisen rund um die Welt ging. Seit 1992 lebt sie mit ihrem Mann und ihren zwei Kindern in England, wo sie schreibt und übersetzt.

Günther Jakobs, geboren 1978, studierte Design und Philosophie und arbeitet seitdem als Kinder- und Jugendbuchillustrator. Wenn er eine Pause braucht, setzt er sich an sein Klavier oder spielt Klarinette. Er macht aber nicht nur Musik, sondern hört sie auch gerne - am liebsten Jazz. Günther Jakobs wohnt und arbeitet in Münster.

Hauke Kock wurde 1965 in Schleswig-Holstein geboren. Als Kind fiel er in ein Fass mit Zeichentusche, seitdem kann er nicht mehr aufhören zu zeichnen und zu malen. Er studierte Kommunikationsdesign in Kiel. Schon als Student verfasste und illustrierte er Kinderbücher. Seit 1993 ist er selbstständiger Illustrator.

Daniel Sohr, Jahrgang 1973, wurde in Tübingen geboren. Aus einer Künstlerfamilie stammend, hat er schon als Kind die Stifte seiner Mutter dazu benutzt, eigene Bilder zu malen. Heute lebt Daniel Sohr in Berlin und das Skizzenbuch ist sein ständiger Begleiter, damit er auch unterwegs keiner seiner Ideen vergisst.